U0948465

伤心咖啡馆之歌

THE BALLAD OF THE SAD CAFE

〔美〕卡森·麦卡勒斯—著

〔美〕凌珊—译

中国出版集团
现代出版社

CONTENTS

目录

伤心咖啡馆之歌

小镇本身了无生气。除了一家棉纺厂，一些两间一幢的工人住的房子，几株桃树，一座带两扇彩色窗户的教堂外，还有一条百米见长的可怜的商业街。每逢星期六，附近农场的租户会来这里聊天做生意。除了这个时候，小镇寂寞、哀伤，仿佛一个远离尘嚣、与世隔绝的地方。最近的火车站在社会城，乘灰狗和白色线路汽车也要到三英里之外的瀑布叉路。这里的冬天短暂而阴冷，夏天则白亮刺眼，灼热无比。

八月的午后，如果你到商业街走一遭，会发现无所事事。镇中心最大的一座建筑物上，几乎所有的门窗都钉上了木板，整幢楼向右倾斜得恐怖，仿佛下一分钟就会倒塌。楼房老旧，稀奇古怪的样子令人狐疑。直到你突然意识到阳台的右侧以及墙壁的一部分从前被粉刷过，但是没刷完，所以房子的一边就比另一边颜色深而黯淡。楼房看起来荒芜了。然而，二楼的一个窗口好像并没被封住。有时在午后，一天中最热的时候，会有一只手慢慢地把百叶窗打开，露出一张脸朝楼下的小镇张望。那是一张只有在噩梦中才会出现的模糊不清的脸——惨白而不辨性别，一双灰色的斗鸡眼拉扯得如此贴近，仿佛彼此交换着绵长幽密的哀伤凝视。这张脸在窗口徘徊个把小时，然后百叶窗被重新拉上，此后这条街上再也见不到一个人影。这样的八月午后，你干完活后真是找不到任何消遣的地方；你不如干脆去瀑布叉路，听带着锁链的犯人们唱歌。

不过，这个小镇曾经有过一家咖啡馆的。这座钉上木板的旧楼房，在方圆百英里之内也曾是颇不平常的。咖啡馆的桌子上铺着桌布，配着纸巾，电风扇吹动着彩色的纸带飘扬，是个周六晚上的绝好去处。咖啡馆的主人是阿米莉娅·伊文斯小姐。但是真正令这个地方热闹生财的是个叫雷蒙表哥的罗锅。另外一个在这个咖啡馆故事里举足轻重的角色，是阿米莉娅小姐的前夫，一个服刑回来、极尽破坏之能事而又一走了之的恶棍。咖啡馆从此关闭，但它一直留存在人们的记忆里。

这地方并不一直是咖啡馆。房子是阿米莉娅小姐父亲留下的遗产。最早是个杂货店，卖饲料、鸟粪和日常用品，诸如食品和鼻烟之类。阿米莉娅小姐很有钱。除了这个杂货店外，三里之外的沼泽地有她经营的酿酒坊，酿出的酒在小镇周围首屈一指。

阿米莉娅小姐高而黑，肌肉骨骼像男人。她的头发剪得很短，从前额向后梳着，暴晒的一张脸显得紧张而饱受风霜。即便如此，她依然算得上是个壮美的女人，如果两只眼睛不对得那么厉害。追求她的男人不能说没有，可是她好像对男欢女爱毫不在意。她是一个生性孤僻的人。她的婚姻在小镇上算是奇闻了——一桩奇怪而危险的婚姻，持续了只有十天，令整个镇子的人唏嘘而又震撼。除了这桩奇怪的婚姻外，阿米莉娅小姐一直独居。她通常整晚待在沼泽地里的小棚屋里，身着工装裤配长筒胶靴，在酿酒坊低矮的火苗旁静静地守候。

阿米莉娅小姐精通所有的手工制作。她自作粉肠和香肠，拿到临近的小镇出售。秋高气爽的时候，她酿制高粱酒。她碾压芦粟做糖浆，从她糖缸里倒出来的糖浆色泽镏金，味道醇美。她只用两星期就在杂货店后面盖起了一个砖厕所，而且还会做木匠活。阿米莉娅小姐只有在跟人打交道的时候才会显得束手无策。人，除非是无能者或病入膏肓者之外，都不可能放在手里拿捏辗转、一夜之间使其变成有价值或者产生价值的东西。所以对于阿米莉娅小姐来说，人的唯一用处就是从他们身上赚钱。这一点她很成功。她用财产和庄稼做抵押，买下了一家锯木厂，银行里有存款——她是方圆百英里最有钱的女人。她富有得足以做国会议员，如果不是因为有个致命的缺点——热衷打官司和诉讼。她可以为区区小事打一桩持久而坚苦卓绝的官司。如果阿米莉娅小姐不小心踩到路上的一块石头，她也会本能地瞅几眼，仿佛在挖掘诉讼的理由。除了这些官司之外，她生活平静，每天跟前一天几无差别。除了那十天的婚姻之外，她的生活一成不变，直到她三十岁的那个春天。

那是四月的一个安静的夜晚，接近午夜时分。天空透着沼泽地上鸢尾花样的蓝色，月光皎洁明亮。那个春天的庄稼长势优良，锯木厂过去几个星期加班夜战也告一段落。小溪边砖砌的方形厂房里灯光幽黄，微弱而持续的机器轰鸣声阵阵传来。这样的夜晚，适宜远远地听着，从黑魆魆的田野上飘过来的歌声，那是某个黑人在去见情人的路上吟唱。或者愿意的话，可以静静地坐下来弹弹吉他，或者就是独自小憩，什么也不想。

那天晚上，街道空无一人，但是阿米莉娅小姐的店里燃着灯火，前廊上有五个人。其中一个是矮胖子麦克·菲尔，他是个小工头，脸色潮红，一双修长发紫的手。瑞纳双胞胎站在最高的台阶上。两个人都穿着工装裤，身材修长动作迟缓，头发泛白，一双绿眼睛睡眼惺忪。另一个是亨利·梅西，坐在底层台阶边上。他胆小害羞，温和而又有点神经质。阿米莉娅小姐倚着门框叉腿站着，穿着一双大胶靴，耐心地解着一根她捡来的绳子上的结。几个人都沉默不语。

双胞胎之一先开口说话，他望着远处空旷的大路，说："好像有个什么东西过来了。"

"是谁家跑丢的小牛崽吧。"另一个双胞胎兄弟道。

那移动着的物体依然看不清。月光轻柔，照在路边开满花的桃树上，枝影暗淡交错。空气中流动着花香和清甜的春草气息，与近处温暖的湖水气味交织在一起。

"不是，像是谁家的小孩儿。"矮胖子说。

阿米莉娅小姐沉默地望着来路。她已经放下了绳子，用瘦削的棕黄色的手指摆弄着工装裤的背带。她不耐烦地蹙起眉头，一缕黑发滑落到额头上。他们等待着，路边谁家的狗突然冲出来狂吠着，直到有人出来喝止。那个身影来到台阶附近时，在昏黄的灯光下，几个人才终于看清了是什么东西。

是一个陌生人。几乎没人会在这个时候徒步到小镇。而且这人是个罗锅。身高不足四英尺，穿着一件脏兮兮的只到膝盖半截破大衣。一双细罗圈腿仿佛无法承受他那偌大的罗锅之重。他的头很大，有一对深陷的蓝眼睛和一张薄薄的嘴巴。他的面容松弛不羁，苍白的脸因布满灰尘而变得蜡黄，眼底下有一圈深紫色的阴影。他用绳子拖着一个头重脚轻的旧行李箱。

“晚上好。”罗锅气喘吁吁地招呼道。

阿米莉娅小姐和阳台上的男人们只是看着他，既不回答也不说话。

“我找阿米莉娅·伊文斯小姐。”

阿米莉娅小姐拂起前额上的头发，抬起了下巴：“为什么？”

“因为我是她的亲戚。”罗锅说。

双胞胎和矮胖子一起望向阿米莉娅小姐。

“我就是，”她说，“‘亲戚’是什么意思？”

“因为——”罗锅欲言又止。他看起来很不自在，似乎要哭。他把行李箱放到台阶上，手依旧按着箱子的把手，继续道：“我妈叫凡妮·杰莎波，来自奇霍。三十年前嫁给第一个丈夫后离开那里。我记得她说过她有一个同父异母姐妹叫玛莎。奇霍人告诉我，玛莎就是你母亲。”

阿米莉娅小姐脑袋转向一边倾听着。星期天向来都是她一个人吃晚饭，家里也从来没有什么亲戚。她和谁也不攀亲戚。她倒是有过一个姨婆在奇霍开养马房，但是已经死了。除此之外还有一个住在二十英里外的姨表姐妹，但是阿米莉娅小姐跟这表姐妹关系不好，如果路上遇到恨不得用吐沫把对方淹死。也有人煞费苦心地想跟阿米莉娅沾亲带故，但是都没有成功。

罗锅说起了没有依据的长长的家谱。一长串的人名地名，令人莫名其妙。台阶上的人对此一无所知。“所以呢，凡妮跟玛莎·杰莎波是同父异母的姐妹。我是凡妮和第三任丈夫的儿子。那么我跟你就是……”他弯下腰去打开行李箱，手脏兮兮的像麻雀爪子。行李箱像个破烂的百宝囊——破衣服，还有像缝纫机上掉下来的零件，都是些一钱不值的废物。罗锅在这堆东西里一顿乱翻，终于找出来一张旧照片。“这是我妈跟她异母姐妹的照片。”

阿米莉娅小姐一声不响，慢慢地把下巴扭向另一边，从她脸上，你可以看出她在想什么。矮胖子拿过照片凑近灯光底下仔细看。照片上是两个苍白无神的孩子，大概两三岁的样子。面目模糊不清，随便什么人的相簿里都可以找到的那种旧照片。

矮胖子一言不发地把照片递回去，道：“你从哪里来？”

罗锅的声音变得犹豫不定：“我是在到处游荡呢。”

阿米莉娅小姐依旧不说话，仅仅是倚在门边上，低下头去看着罗锅。亨利·梅西紧张地眨着眼睛，来回地搓手，然后他默默地离开最低一级台阶，走了。亨利是个好人，不忍见到罗锅受煎熬，更不想等到最后一刻，看着阿米莉娅小姐把这个陌生人驱出领地，赶出小镇。罗锅站在台阶旁，脚下的行李箱扬开着；他抽着鼻子，嚅动着嘴唇。也许他为自己的凄凉境地触景生情，也许他终于意识到，拿这些破烂家当来到这里来找阿米莉娅小姐认亲实属不堪。总之，他一屁股坐到台阶上，突然号啕大哭起来。

半夜三更跑来一个罗锅坐在店前痛哭，可不是一件寻常的事情。阿米莉娅小姐往后拢了拢落到前额上的头发，男人们尴尬地彼此张望。小镇四周一片寂静。

终于，双胞胎里的一个人说道：“我敢打赌他是毛里斯·费恩斯坦真人。”

大伙儿都点头赞同。这是一个含有特殊意思的表达。罗锅听了却哭声更大，因为他不明白他们在说他什么。毛里斯·费恩斯坦从前住在小镇，是个身手灵活，蹦蹦跳跳的小犹太人，如果谁说是他杀了基督，他就会立刻哭起来。每天吃的东西都一样，白面包和罐装三文鱼。后来他摊上了事，跑去了社会城。打那以后，谁要是软弱无能，或者大男人哭哭啼啼就会被称为毛里斯·费恩斯坦真人。

“反正他被传染上了，”矮胖子麦克·菲尔说，“肯定有一些原因的。”

阿米莉娅小姐抬起她那沉重缓慢的腿，慢步走下台阶，站在那里望着罗锅思索。然后她伸出长长的棕色食指，小心翼翼地点了一下他的罗锅。罗锅还在啜泣，但是声音变轻了。夜深人静，月亮散发着柔和的清光——外面冷了起来。阿米莉娅小姐接下来做了一件罕见的事情：她从屁股裤兜里掏出一瓶酒，擦净瓶口递给了罗锅。阿米莉娅小姐绝少给谁赊酒喝，即便是一滴免费酒也是前所未闻。

“喝吧，”她说，“能让你暖胃提神。”

罗锅停止了哭泣，舔干嘴角唇边的眼泪，接过了酒瓶。待他喝完，阿米莉娅小姐也慢慢喝了一点，先漱了漱口，再吐掉，然后开始畅饮。双胞胎和工头也开始喝着先前买好的酒。

“这酒真醇，”矮胖子赞叹道，“阿米莉娅小姐，你酿的酒没有不好喝的。”

那晚上他们喝的威士忌（两大瓶）很重要。否则，很难说会有后边的故事，也许也就没有后来的咖啡馆。因为阿米莉娅小姐酿的酒自带神力，它很清冽，尝在舌头上味儿很冲，下了肚后劲又很大。不仅仅如此。就像世人皆知的蘸柠檬汁在纸上留言，字迹显不出来。但是把纸张临近火苗照烤片刻，字迹变成棕色，留言也就一清二楚了。想象一下那威士忌是火苗，写在纸上的字就是人们隐藏在心灵深处的思想——这样阿米莉娅小姐这酒的意义就一目了然了。过去从未注意过的事情，深藏于脑洞之中鲜为人知的想法会突然显现，瞬间顿悟。比如一个纺纱工，大脑里整天装的只有纺织机，饭盒，卧床，纺织机。然而某个星期天，他喝了一杯这样的威士忌，就会想到沼泽地上的野百合。他会在掌心擎着这朵花，认真端详那金色精致的喇叭形，一种犹如疼痛的快乐在心底油然升起。当他猛然抬头，平生第一次注意到冬日的午夜，天空散发出奇异冷峻的光芒。他会被自己的渺小震撼，惊心动魄到要停止心跳。喝了阿米莉娅小姐的酒后，诸如此类的事情就会出现。他或许痛苦，或许从此幸福快乐。但是这样的经验能检验真理：他能使自己的灵魂温暖起来，见到了隐蔽在那里的信息。

几个人一直喝到夜半，月亮被云遮住，夜晚又黑又冷。罗锅还坐在台阶上痛苦地把头弯到膝盖上。阿米莉娅小姐站在那里，双手插兜，一只脚搭着二级台阶不动。她一直没说话，脸上是那种稍有眼斜的人常有的沉思表情，一副聪明绝顶又令人抓狂的模样。最后，她终于说道：“我还不知道你叫什么。”

“我叫雷蒙 · 威利斯。”罗锅答道。

“嗯，那就进来吧，”她说，“炉子上有剩饭，你可以吃。”

阿米莉娅小姐平生请人吃饭的时候屈指可数，除非她想作弄谁或者从这人身上有利可图。所以台阶上的男人们觉得一定是哪里搞错了。后来，他们还私下嘀咕，说阿米莉娅小姐一定是那天下午在沼泽地里就开始喝酒了。不管怎么说，她离开了前廊，矮胖子和双胞胎兄弟也都回家了。她把店铺门栓插上，检视一遍店里的货物完好无缺，然后走向后院的厨房。罗锅跟着她，拖着行李，一边吸鼻子闻气味，一边用脏大衣的袖口抹鼻子。

“坐吧，”阿米莉娅小姐说，“我把饭热一下。”

他们一起吃的这顿晚餐很丰富。阿米莉娅小姐有钱，从不在食物上吝啬自己。晚餐有炸鸡（鸡胸脯被罗锅装到了自己的盘子里），芥菜根泥，羽衣甘蓝，还有热乎乎金灿灿的红薯。阿米莉娅小姐细嚼慢咽，像辛苦劳作后的农人那样全心享用着食物。她胳膊肘搭在餐桌上，身体前倾凑近盘子，双膝分开，脚蹬着椅子下面的横梁。罗锅则是狼吞虎咽，一副几个月没吃饭的样子。有一瞬间，他的脏脸上淌下来一滴眼泪——那是刚才哭时剩余的眼泪，毫无价值。餐桌上的油灯蓝色的火苗跳跃，灯芯修剪得恰到好处，厨房里映照出一种其乐融融的气氛。阿米莉娅小姐吃完盘子里的食物，又用一块面包把盘子擦抹得干干净净，然后在面包上淋些糖浆，她自制的透明的糖浆。罗锅也照着做，不过他还挺讲究，要求换个新盘子。吃完后，阿米莉娅小姐把椅子往后拖开，手握成拳头。她兀自欣赏着从洁净的蓝色无袖衫中露出的饱满坚硬的肱二头肌——这是她每天饭后无意识的一个动作。而后，她拿起餐桌上的油灯，冲着楼梯方向点头，示意罗锅跟她来。

阿米莉娅小姐一生下来就住在楼上的这三间房里——两个卧室，中间有一个宽敞起居室。几乎没人进过这些房间，但是谁都知道里面家具美观，清洁无比。而此时，阿米莉娅却收容了个罗锅，一个天知道从哪来的肮脏瘦小的陌生人。阿米莉娅小姐高举着油灯，一步两个台阶跨上楼梯。罗锅紧跟在后面。他离她那么近，摇摇晃晃的油灯照着两人的身躯，楼梯墙壁上映射出一个巨大的扭曲在一起的影子。不久，二楼上的窗子也跟全城一样，一片漆黑了。

第二天早晨风和日丽，紫红色的朝霞里带着一抹玫瑰色的光辉。小镇四郊的田野里，土畦是新翻耕过的。早起的佃农已经在一条条新犁过的垄沟里，种上了一排排深绿色的小烟叶苗。田野上乌鸦低空飞旋，在大地上投下迅疾而过的蓝色影子。小镇的人们也提早备好饭盒上工去了。太阳照在作坊的窗户上反射出刺眼的金光。空气清新宜人。桃树花开朵朵，轻盈如三月天空里的云朵。

阿米莉娅小姐跟往常一样，天没亮就起床。她在水泵那里洗漱完毕，开始打理一天的事情。上午晚些时候，她备好鞍座骑骡出巡，去查看瀑布叉路附近的棉花地。当然，中午时分，所有人都听说了那个半夜三更出入店里的罗锅，但是还没人见过他。气温开始升高，天空变成正午的瓦蓝。依然还是没人瞄过一眼这个奇怪的客人。有人记起来阿米莉娅小姐的妈妈是有过一个同父异母的姐妹，至于她是死了还是跟一个烟草贩子私奔了众说纷纭。至于罗锅的说法，大家都认为那是无中生有。作为熟知阿米莉娅小姐的小镇人，理所当然认为罗锅吃完饭早给她遣送走了。但是到了晚上，暮色降临，棉纺厂的倒班也换完了，有个女人却说看到了一张歪脸，在小店楼上窗口晃过。阿米莉娅小姐自己什么也没说。她在店里帮了一会儿工，跟一个农民为耕犁工具争论了一小时，修理了几只鸡笼，临近傍晚时她锁上大门，回到了自己的房间。这让全镇的人摸不着头脑，议论纷纷。

第二天阿米莉娅小姐没有开店门，把自己关在屋子里谁也不见。因此这一天谣言开始流传起来——谣言真可怕，全镇和四乡的人都给吓呆了。造谣生事的是一个叫莫利·莱恩的纺织工。没人把他的话当真。他说话浅薄，走路踉跄，满口无牙，还患有三日疾，就是每隔三天发一次高烧。所以他头两天呆头呆脑，喜怒无常，可是到了第三天他活跃起来了。有时候他会想出一些怪念头来，绝大部分都是莫名其妙的。下面就是莫利·莱恩高烧时突发的念头，他说："我知道阿米莉娅小姐干了什么。她为了罗锅那行李箱图财害命已经把他杀了。"

他语气平静得仿佛在重述一个事实。一小时内消息传遍小镇。一个疯狂而病态的故事在小镇发酵，囊括了所有令人心碎的关键词句——罗锅，半夜沼泽地埋尸，阿米莉娅小姐被当街拖进警察局，她的财产该归属谁之口水大战。人们交头接耳议论纷纷，每重复一次这故事就又被添油加醋，直至面目全非。下雨了，女人们都忘了收衣服。有一两个欠了阿米莉娅小姐债的人，穿上了做礼拜的服饰，像庆祝节日一样。他们聚集在商业街上，朝着阿米莉娅小姐的店铺指指点点。

如果说镇上每个人都投入到这场邪恶的欢庆，倒也不完全正确，至少有几个明白人推断阿米莉娅小姐有钱，不至于为了毫无价值的垃圾去谋杀一个流浪汉。甚至有三个善良的人坚决跟这种谣言划清界限。他们不愿意想象，阿米莉娅小姐被押上囚车，送往亚特兰大电击正法。这些善良的人用一种与众不同的眼光来看阿米莉娅小姐。一个人如果被描述得像阿米莉娅小姐那样，各个方面都违拗常情，从头到脚充满矛盾时——那么这个人毫无疑问需要特殊对待。他们记起来阿米莉娅小姐生下来时皮肤很黑，脸也有些奇怪，从小丧母，由独居的父亲，一个性格孤僻的人一手带大。她很早就长到六英尺二英寸，这对女人来说很特别，还有她的生活方式和习惯又是怪得让人不可理喻。人们也记起她那桩令人狐疑的婚姻，在小镇上也算是件前所未有的丑闻了。

这些好人们于是对她产生出一丝近于同情的东西。她的一些异端行为，比如从屋子里拽出一架缝纫机去还债，或者为一件诉讼案大动肝火的时候——他们就会百感交集，喜怒哀乐不可名状。但是关于好人们说这些也就够了，因为只有三个人。整个下午，除他们之外镇上的其他人都在过节似的欢庆这桩想象出来的犯罪行为。

出于一种奇怪的原因，阿米莉娅小姐自己却好像对这一切毫无感应。她一天大部分时间都待在楼上。下楼到店里，也只是平静地四下徘徊，两手插在工装裤口袋里，头低到下巴都埋进了衬衫领口。她浑身上下见不到一丝血迹。如果她停住，也是呆呆地盯着地上的缝隙，手指绕一缕短发自言自语。不过，她几乎一整天都是在楼上度过的。

夜幕降临。午后的雨令空气骤冷，夜晚有些像冬天一样的萧瑟阴郁。天空没有星星，稀疏的冰雨从天而降。从街上望过去，房间里的灯像是在风雨飘摇中哀号地闪烁着。起风了，不是从沼泽地刮过来，而是从北部的黑冷松林吹过来。

小镇的钟敲响了八点。依然静谧无声。阴冷的夜晚，加上一天恐怖的闲言碎语，有些人不免恐慌起来。他们坐在家中守着炉火。也有人聚在一起，大约有八九个人在阿米莉娅小姐店铺的廊前聚集着。他们沉默不语，坚定执着地守候着。他们自己也不知道在等什么。事情就是这样：每当气氛紧张，或者貌似要有大行动发生的时候，男人们就会这样聚集在一起等待。然后会有那样一个时刻，需要他们一起凝聚抗衡。这种行动不是来源于某一个人的想法或者意志，而是仿佛出于本能，他们齐心协力汇聚，这样做出的决定才不带有个人色彩，而是属于整个团体。在这种时刻，谁都不会犹豫。至于事情最终是和平解决还是大打出手，进而导致混乱群殴乃至犯罪，全靠命运。所以这群人就这样在阿米莉娅小姐店前廊子里阴郁地等着，谁也不知道要干什么，只有等待是确切无疑的，那个时刻就要到了。

现在店门终于打开了。屋子明亮一切正常。左边柜台里摆放着大块的板油、硬糖块和烟草。柜台后面是食品架，上面放着腌肉和熟食。店右边大部分是农作工具之类的东西。后边靠左侧有个门通往楼上，现在门开着。最右侧还有一个门通向一个小屋，那是阿米莉娅小姐的办公室，这个门也开着。此时晚上八点，正好可以看到阿米莉娅小姐坐在老式拉盖书桌前，用钢笔在纸上算着什么。

办公室的灯光柔和明亮，阿米莉娅小姐似乎并没有注意到廊子上的代表团。她周围的一切都井井有条，和往常一样。这个办公室在全县也是有名的房间，几乎令人肃然起敬。阿米莉娅小姐在此间处理所有杂事。桌子上摆着一架蒙起来的打字机，阿米莉娅小姐会打字，但是只有最重要文件才会用打字机。抽屉里少说也有成千上万的文件，按字母顺序排列着。这办公室也是阿米莉娅小姐行医诊所。她喜欢当医生，经常给人看病。架子上堆满了瓶瓶罐罐和形形色色的行头。靠墙放着一张给病人坐的长凳。她用烧过的针头缝伤口防止化脓。用一种冰凉甜蜜的糖浆治疗烫伤。对于不能确诊的病痛，她也有各种各样亲自按秘方煎制的药。这些药吃下去对于通便非常灵验，可是不能给幼儿吃，因为吃了会抽风。她有一种特别的配方给儿童，温和又口感甜蜜。总而言之，她算得上是一个好医生。面对疑难杂症也从不迟疑，没有什么病是严重得她不愿治的。当然有一个例外，就是女人来看妇科病，她就会变得束手无策。事实上，只要她们提到相关的字眼，她就羞愧得面孔铁黑，站在那里脖子蹭着领口，要不就来回摩擦脚上的两只靴子，像个张口结舌、羞愧得要死的孩子。但是其他病症的话，人们还是很相信她的。她不收费，病人总是潮水般涌入。

这个晚上，阿米莉娅小姐可没少用笔写字。但是即便如此，她也不可能永远注意不到等在外面黑压压的一伙人，而且这伙人还一直观察着她的一举一动。她时不时会抬起头看他们一眼，既没大呼小叫也没厉声责问：他们为什么像一群可怜的长舌妇一样在她家门口，游来荡去无所事事。她的脸自豪而严肃，她坐在办公室书桌前的时候总是这样的。过了一段时间，这些人窥视得有点儿让她烦了。她拿起一块红手绢擦了擦脸，起身，关上了办公室的门。

对于廊子里的那群人来说，这是一种信号。那个时刻终于来临了。他们在这冷风飕飕阴郁寒冷的夜街上等了足够长的时间。一瞬间原始的本能突然复苏。仿佛被一种意志推动，他们一下子涌进了店里。此时，这几个人看上去一个模样——蓝色工装裤，头发都有点儿白，面无血色，梦一般游移的眼神。没人知道他们要做什么。正在此时，一个声音在楼梯口响起。这些人抬头一看，惊得目瞪口呆。那个他们想象中已经被谋杀了的罗锅出现了。而且他根本不是被描绘的样子——一点儿不像个可怜肮脏孤独乞讨的小嚼舌鬼。事实上，在此之前，他们从来没见过这样的角色。屋子里一片死寂。

罗锅从楼梯上慢慢走下来，一脸傲慢，仿佛脚下的每一块木板都是他的。过去的几天他变化很大，脱胎换骨了。首先他干净得不可言表。他还是穿着那件短大衣，但是已经被刷洗干净，缝补一新。里面穿的是阿米莉娅小姐的一件红黑格子新衬衣。他的裤子也不像一般男人常见的那种，而是一条紧身过膝的精干马裤。精瘦的小腿上穿着一双黑袜子，鞋子是特别定做的，形状奇特，鞋带一直系到脚踝，新涂的蜡崭新铮亮。围着一条柠檬绿的围巾，几乎遮住他那对又大又白的耳朵，围巾的穗条几乎垂到地上。

罗锅迈着趾高气扬的步子从楼梯上走下来，站在了人群当中。人群迅速散开绕着他围成了一圈。每个人双手下垂，呆呆地看着他。罗锅却是一副煞有介事的神情。他以正常人皮带的高度，平视着众人一圈，然后狡黠地检视着每个人的下身——从腰部到鞋底。他打量得心满意足后，闭上眼睛摇头晃脑，仿佛刚刚见过的一切，在他眼里不值一提。然后他仰头，断然地或只为确认，他又重新扫射了一番昏黄灯光下的脸孔。眼光最后正好落到一旁的半袋子肥料上，他便一屁股坐了上去。舒服地安顿好后，他交叉着两条小腿，从口袋里拿出一样东西。

男人们过了好一会儿才缓过神来。最先说话的是“三日烧”莫利·莱恩，谣言的始作俑者。他看着罗锅把玩的东西，压低着嗓音问道：

“你手里拿的是什么？”

每个人都很清楚他拿的是什么。那是阿米莉娅小姐父亲用过的鼻烟盒。蓝色的瓷釉，盒盖上镶嵌着精致的金边。一伙人认出来了，紧接着一阵赞叹。他们警觉地望着房门紧闭的办公室，里面传来阿米莉娅小姐悠闲的口哨声。

“嗯，到底是什么？”

罗锅快速抬头瞅了一眼，把嘴闭得更紧一些道：“怎么了，这是专门修理爱管闲事家伙的秘密武器。”

罗锅伸出短小的弯手指从鼻烟盒里捏着什么吃着，没有给身边的人们品尝。他取出来的并不是鼻烟，而是一种糖和可可粉的混合物。但是他煞有介事地闻着，捏一小团放进嘴里，舌尖仔细往下抿着，脸上一副扭曲痛苦的表情。

“我吃什么都是一股酸味，”他说，“所以我要吃这种甜甜的鼻烟糖。”

一伙人站在一起有点不知所措。这种感觉驱之不散，很快又被另一种感觉取而代之——和谐的亲密感和不合时令的节日感。那天晚上在场的有这些人：“麻利”莫隆，“大力”罗伯特·卡黑尔，“三日烧”莫利·莱恩，神父威林，“伐木工”克兰，瑞伯微邦，“卷毛”亨利·福特以及赫莱斯·威尔士。除了神父威林，其他几个人都像前边提到的那样大同小异——他们全都从这件或那件事情中得到乐趣，也都程度不同地为一件事哭过，感到过痛苦。他们大都很温顺，除非是你激怒了他。几个人都在棉纺厂做工，跟别人分租每月十元或二十元的房屋。那天是周六，房租在下午全都付清。所以现在他们认为彼此是统一体。

罗锅私底下却在给他们分门别类。他自在地安顿好后，开始跟每个人聊天，比如如果对方结婚了，那他多大年龄，平均一星期工钱多少，等等——专找别人的隐私提问。不久，来了更多小镇上的人。亨利·梅西，闻声而来的闲人们，找男人回家的女人们，甚至有一个没人管的黄发小儿也悄悄地溜进来，偷了一包动物饼干，又悄悄地走了。所以阿米莉娅小姐的店里很快人满为患，而她的房门还是紧闭着。

有些人生来有一种与众不同的特质。通常这种本能只能在孩童身上找到，就是自来熟。罗锅毫无疑问就是这种人。他在店里不过半小时已经跟每个人混得很熟。仿佛已经在这镇上住了很久，是众所周知的人物，坐在这袋肥料上聊天已不知有多少个夜晚了。此情此景再加上是周六晚上，店里就有了一种无拘无束却又相异的快乐气氛。自然也有一丝紧张，部分原因是这种奇怪的情景，还有就是阿米莉娅小姐依然躲在办公室里，始终没露面。

到了晚上十点钟，她出来了。如果你指望她的出现会带来戏剧性，那你肯定失望。门打开，她迈着长腿慢腾腾地从里面走出来。鼻翼旁边还有一道墨水痕迹，刚才的那块红手绢已经系到了脖子上。她似乎没察觉到周围的异样，一双灰色对眼朝罗锅坐的地方盯着看了一会儿。对于其他人，她只显出淡淡的惊讶。

“有人需要什么东西吗？”她平静地问道。

因为是周六晚上，顾客还真不少，都是来喝酒的。阿米莉娅小姐刚开封了一桶到期三天的陈年老酒，作坊里的所有酒瓶子都被注满了。这天晚上她从买酒人手里接过钱，在明亮的灯光下数着。这些都很正常，但是后面发生的的确不同寻常。以前喝酒的人都要绕到黑魆魆的后院，从厨房门口接住她递过来的酒瓶，收钱交货不带任何色彩。顾客拿着酒转身消失在夜色里。碰上老婆不让在家里喝酒的，就再跑回来到廊前或者临街的路上咕嘟嘟地灌下去。廊前和临街当然都属于阿米莉娅小姐的财产范围——但是她倒不把这些地方都划在自己的地界之内，她的地界从前门算起，包括整座建筑物的内部面积。她从来不许任何人在她屋子里打开酒瓶喝酒，唯一的例外是她自己。现在她第一次破了例。她往厨房走，把酒瓶子拿进明亮温暖的店里边，罗锅紧跟在后面。她不仅拎着酒瓶进屋，还拿了些酒杯，打开两盒饼干，装盘放在柜台上，想吃的人都可以免费来一块。

她不理别人，只跟罗锅说话，语调粗哑刺耳："雷蒙表哥，你的酒要直接喝还是放炉子上热水温一下？"

"如果可以的话，就请你温一下吧，阿米莉娅。"罗锅说。（什么时候起有人敢对阿米莉娅小姐直呼其名，如此没礼貌？——就连她那做了十天丈夫的新郎官也没有如此大胆过。事实上除了她父亲外，没人敢如此亲昵地称呼她。她父亲总是昵称她"小妞"。）

咖啡馆就这样诞生了，如此简单。回忆的人说那天晚上冷得像冬天，真要是坐在外面搞个庆祝会也不会舒服。倒是室内温暖又热闹。有人把后面的炉火也生着了，买了瓶装酒的人分给大伙儿一起喝。其中还夹杂着几个女人，她们嚼着甘草胶皮糖，喝果子露，偶尔也会呷几口威士忌。

罗锅仍然是个稀罕之物，他在场使每一个人都觉得新鲜。办公室里的长凳也给搬了进来，还有几个椅子。有人靠着柜台，也有人就势坐在酒桶或者口袋上。在店里面拿起瓶子喝酒竟然也没有引起什么人的不安、讥笑和骚动。相反，这伙人倒是颇为礼貌，谦恭礼让到了有些拘谨的地步。因为到目前为止，小镇的人还不习惯聚众消遣。他们在作坊见面是为了干活。星期天虽然有一整天的教会聚会——也挺高兴。但是目的不一样，那样的聚会是要加深你对地狱的恐惧感，从而对至高无上的主更加敬畏。而咖啡馆的气氛却完全不同。在真正的咖啡馆里，即使是最有钱、最贪婪的无赖也会老实规矩，不会惹是生非挑起事端。没钱的人会心怀感激地四下张望着，尽量优雅庄重地用手指捏起一点儿盐巴。因为一个真正的咖啡馆必须具备如下特征：大家和和气气，胃感满足，行为也显出优雅高贵。那天晚上，没有人向阿米莉娅小姐店里这些人提醒这些规矩，但是他们都无师自通。当然，在这之前小镇里根本就没有过咖啡馆。

现在，所有这些的始作俑者阿米莉娅小姐，一个晚上大部分时间都站在通往厨房的走廊上。外表看不出什么，但是很多人注意到了她的面部表情。她环视着周围的一切，但是大部分时间，她的眼神都关注在罗锅身上，带着一丝寂寞的神情。罗锅神气活现地在店里转来转去，不时从鼻烟盒里拿点儿东西吃，心境阴晴不定却会讨人喜欢。阿米莉娅小姐站在那里，炉台缝隙里透出的灯光给她的棕色长脸映出些许明亮。她似乎在审视着自己，表情痛苦迷茫还有一丝不确切的快乐。她的嘴唇没有往常闭得那么紧，时不时咽下口水。她的皮肤苍白，两只大手一直汗津津的。总之，那晚她的样子是一个孤独寂寞的恋人模样。

咖啡馆直开到半夜关门，众人彼此友好互道晚安。阿米莉娅小姐关上店铺前门，却忘了插上门闩。不久，楼房漆黑寂静一片。商业区里的三家店铺，酿酒坊，加上住宅区——整个小镇都容入黑暗的静谧里。三天三夜的跌宕起伏到此结束，其间包括：一个陌生人的到来，一个不太荣耀的节日，一个咖啡馆的诞生。

时间必须加快。因为接下来的四年差不多一样。变化自然很大，但都是循序渐进，每一小步都很平常，看起来并不起眼。罗锅依然和阿米莉娅小姐同居。咖啡馆以几何形式扩展。阿米莉娅小姐开始卖散装酒，店里也添购了新桌子。每晚都有顾客来，周六的晚上更是拥挤不堪。阿米莉娅小姐开始卖炸鲇鱼晚餐，一毛五分钱一盘。罗锅又游说她买了一架自动钢琴。两年间，这地方不再是一家店铺，而成了一家正式的咖啡馆，每天晚上从六时一直营业到十二时。

每天晚上罗锅从楼梯上走下来，一副目中无人的样子。身上却总散发着淡淡的萝卜缨味道。因为阿米莉娅小姐从早到晚用菜汤给他按摩强身。她简直把他宠到不可救药的地步，但就是没办法让他强壮起来。食物只能让他的脑袋更大，罗锅背更驼，其他部位照样弱小畸形。阿米莉娅小姐外表还是老样子，平常照样一身工装裤配长筒靴，周末换上一条深红色的连衣裙，这裙子挂在她身上，样子很古怪。不过，她的举止和生活习惯却大大地改变了。

她依然喜欢打官司，可是不再那样急于让人中圈套，狠狠地敲诈一笔罚金了。由于罗锅非常爱交际，连带着她也出去走动了——去福音布道会，参加葬礼等忙个不停。她的医术一如既往地厉害，如果可能的话，连酿制的酒都变得更好喝了。咖啡馆很挣钱，是小镇上屈指可数的消遣好地方。

让我们跳跃着回首一下这些年的生活情景。你会看到在红云飘逸的冬日早晨，罗锅跟在阿米莉娅小姐的身后去松树林打猎。看他们在院子里干活——雷蒙表哥站在旁边啥也不干，却一眼能辨别出谁在偷懒不做事。秋日的午后，他们坐在后台阶上削甘蔗。夏天阳光强烈的日子，他们去沼泽地，那里的水杉树一片墨绿，盘根交错的树下有梦一般的幽谧。如果路上要过泥淖或者蹚水时，你会看到阿米莉娅小姐弯下身来让罗锅爬到她的背上——她躬身前行着，罗锅黏附在她肩上，揪着耳朵，抱着她宽阔的额头。偶尔阿米莉娅小姐也会启动她的那辆福特车，带着雷蒙表哥去奇霍镇上看场电影，或者去远处逛集市，去看斗鸡，等等。罗锅钟爱热闹。当然他们每天早晨都待在咖啡馆里，经常在楼上起居室壁炉旁一坐就是好几个小时。因为罗锅一到晚上就难受，害怕在黑暗里躺着，他怕死。阿米莉娅小姐当然不会让他独自忍受折磨。所以某种程度上咖啡馆的蒸蒸日上也归功于此。因为这让他感到活力和快乐，能伴他熬过漫漫长夜。所以从这些快速回放的片段中，你可以勾勒出一幅过去这些年里所有的画面。然后，把这幅画暂时放一边。

现在需要讲讲阿米莉娅小姐这些行为的缘由。也就是该说说爱情的故事了。阿米莉娅小姐爱雷蒙表哥，每个人都清清楚楚。他们住在一个房子里，彼此形影不离。所以，根据默克·菲尔太太和另外几个人的说法，他们这样的同居是罪过。默克·菲尔太太是个鼻头生疣的老太婆，一天到晚忙忙叨叨，不消停地把家具挪来挪去。默克·菲尔太太之流认为，即使他们是亲戚，也不过是远房表兄妹之间的苟合，而且就连远房亲戚这一点也无法证明。一个是阿米莉娅小姐这样人高马大的六尺之躯，一个是只到她腰际的弱小罗锅。但这倒正好符合默克·菲尔太太及其一伙人的意思，因为越是不般配和让人瞧着可怜的婚姻，她们越是感兴趣。因此，就让她们说去吧。善良的人则认为如果两个人能够在彼此身上寻求到肉体的欢乐，那也是他们自己和上帝之间的事情。凡是有点儿头脑的人则对此看法如此一致，而且回答也一样简单明了。那么，这种爱究竟应该怎样解释？

应该说爱是两个人之间的共同体验——但这并不意味着各自的感受一样。世上有爱者，也有被爱者，这是截然不同的两类人。被爱者往往只是爱者心底平静地蕴积了好久的那种情感的触发剂。每一个恋爱的人都多少知道这一点。灵魂深处的爱情感知是极具个人色彩的事情。那是一种奇特的孤寂感，而正是这种认知让人痛苦。因此，对于恋爱者来说只有一件事可做。他必须尽可能深地把他的爱情禁锢在心中；他必须为自己创造一个全新的内心世界——一个认真的、奇异的、完全为他单独拥有的世界。在此要加一句，这里的恋人不见得一定是个攒钱买戒指准备结婚的小伙子，这个恋人可以是男人、女人、小孩，甚至地球上的任何一个人。

那么被爱者，也可以是任何一种类型的人。最稀奇古怪之人也会有人爱。一个走路颤巍巍的老男人，依然会爱恋着二十年前的某个午后，在奇霍街上看到的一个奇怪女孩。牧师会爱上一个堕落的女子。被爱者也可能是个满头油腻、浑身坏毛病的叛逆者。是的，恋人会和其他人一样对这些毛病洞察得一清二楚，但这丝毫不影响他对她的爱情。一个再普通不过的人也可能像沼泽地里的野百合一样，成全一场轰轰烈烈的伟大爱情。善良人也会成为凶残爱情戏里的主角。一派胡言乱语的疯子可能会激发出某个人灵魂深处最温柔的田园牧歌。所以爱情的价值和深浅只有恋爱者本人知道。

由此，我们大多数人都宁愿去爱而不愿被爱。每个人都愿意充当爱者。道理十分简单，人们能隐约地感受到，被人爱的这种处境，对于许多人来说，有许多的不可承受之重。被爱者惧怕并且憎恨爱者，也有充分的理由。因为爱者总是想把他的所爱剥得连灵魂都裸露出来。爱者渴望与被爱者时刻交融，即使带给他的只是痛苦。

阿米莉娅小姐结过一次婚。这段奇异的姻缘发生在许多年以前，这是阿米莉娅小姐遇到罗锅之前，仅有的一次人生体验。

那时小镇和现在差不多，除了当时的店铺是两家而不是三家。街道两旁的桃树也比现在的矮小弯曲得多。阿米莉娅小姐那时候十九岁，爸爸死了好几个月了。镇上那时候有个纺织机修理工叫马文·梅西，是亨利·梅西的兄弟，虽然不认识的人永远也不会想到他们是一家人。因为马文·梅西算得上是本地头号帅哥——身高六英尺一英寸，肌肉发达，有一双灰色慵散的眼睛，还有一头鬈发。他混得不错，挣钱不少，有块金表，打开底座是一幅瀑布川流的画面。不论是在外界还是世俗眼光里，马文·梅西都算是个幸运的人。他不需要向任何人作揖行礼就可以心想事成。但是如果从严肃深刻的角度看，马文·梅西丝毫谈不上令人羡慕，因为他品行恶劣。小镇上的男人都比他的名声好。当他还是少年时，身上就总揣着个风干盐渍的人耳朵，那是一次剃刀格斗时，他杀了的那个人的。仅仅是为了满足臆想，他就把林间松鼠的尾巴割下来。他的左屁股裤兜里永远揣着禁品大麻，诱惑那些失去信心不想活的人。然而，尽管他臭名远扬，却有许多女孩子喜欢他——还是些头发洁净，眼神轻柔，颇有些姿色的窈窕淑女。这些姣好的女孩子被他玩弄后抛弃了。然后，到了二十二岁的时候，这个马文·梅西看上了阿米莉娅小姐。

那个孤僻、瘦长、眼光古怪的女子竟然是他的梦中情人。他看中了她倒并非因为她的钱，而仅仅是由于爱。

爱改变了马文·梅西。在爱上阿米莉娅小姐之前，人们要怀疑像他这样的人是否有良心和灵魂。虽然他的性格扭曲，倒也能解释得通。因为他出生在一个恶劣的环境里。他家七个兄弟姐妹都是多余的，他的父母根本不配做父母。他们自己就是一对放浪的野人，整天长在沼泽地里游荡，打鱼摸虾。孩子对他们来说全属累赘，虽然每年都要生一个。晚上他们从工厂下班回家，看孩子时的那副神情，就像那些都是不知从哪儿捡来的野种。孩子一哭，就得挨揍，他们在这个世界上学会的第一件事就是躲藏，把自己藏在屋子里最黑最暗的角落。他们瘦得像白毛小鬼，沉默不语，连兄弟姐妹之间也不讲话。他们的父母终于把他们彻底抛弃，孩子们被留在镇上自生自灭。那是个寒冷无比的冬天，棉纺厂关门三个月了，到处哀鸿一片。还好小镇不是一个对白人孩子见死不救的地方。结果就是最大的八岁孩子流浪到了齐霍，从此消失了——也许他爬上哪列货车去闯荡世界了也说不定，反正没人知道。留在镇上的另外三个孩子，则从一家收容所流落到另一家。孩子们实在太小太羸弱，感恩节不到就相继死了。剩下的两个就是马文·梅西和亨利·梅西，两兄弟被人收养。镇上有个好心女人叫玛丽·黑尔，她收养了两兄弟，对他们视如己出，养育他们，对他们照顾得也很好。

但是孩子的心是最精致的玻璃心。冷酷的开端会把他们的心灵扭曲成奇形怪状。一颗受了伤害的儿童的心会萎缩成这样：一辈子都像桃核一样坚硬，充满沟壑。又或者，这颗玻璃心可能溃烂红肿，以至于有这样一颗心都是一种不幸，连最细微的事情也会轻易使这个人烦恼、痛苦。这后一种情形就是亨利·梅西的情形。亨利跟他兄弟正相反，是镇上最善良温和的一个人。他用自己的工资接济不幸的人，甚至周六晚上如果有人要去咖啡馆，他就帮忙照看孩子。但是他十分腼腆，一看就是有颗苦难的心、备受痛苦煎熬的人。马丁·梅西则正相反，野性无畏，残忍至极。他的心像撒旦头上的角一样硬，在他爱上阿米莉娅小姐之前，他给自己兄弟和收养他的那个善良女人所带来的，除了痛苦和耻辱别无其他。

但是爱彻底改变了马文·梅西。他暗恋了阿米莉娅小姐两年，从未表白过，每次都只是在她店门口流连，帽子摘了拎在手里，灰色的眼睛里流露出温顺、渴念和恍恍惚惚的神情。他是彻头彻尾地改变了。他开始善待自己的兄弟和养母，存钱，还学会了节省。更重要的是他开始信上帝。星期天也不再一整天躺在院子里弹吉他唱歌，而是去教堂做礼拜，并且所有的宗教集会每逢必到。他变得彬彬有礼，知道给女士起身让座。而且不再打架斗殴胡乱发誓，动不动就拿上帝的名义诅咒了。所以两年来，他的品性有了脱胎换骨的转变。两年后的一个晚上，他去找阿米莉娅小姐，手里捧着一束沼泽地的野花，一口袋香肠，还有一个银戒指——那晚上他求婚成功。

阿米莉娅小姐嫁给了他。人们后来一直很奇怪。有人说她想捞些结婚彩礼。另一些人认为是住在齐霍的姨妈唠叨催嫁的结果。那个老太婆可不是个善茬。反正婚礼上阿米莉娅小姐跨着大步从教堂神坛走下过道，穿着亡母从前的婚纱。黄色的缎子长裙穿在她身上太短了。那是一个冬日的午后，明亮的太阳照在教堂玫瑰色的窗户上，给神坛前的一对新人身上涂上一道奇异的色彩。宣读仪式过程中，阿米莉娅小姐一直站立不安——右手总是摩擦着缎子婚纱的边缘。她在找工装服的口袋，因为摸不着，就有些烦躁不安和泄气。终于等到誓言读毕，婚礼祝福也完成了，阿米莉娅小姐等不及地先他两步离开教堂，她连丈夫的手臂也没挽。

教堂离店铺没多远，于是新娘和新郎走回家。一路上阿米莉娅小姐就开始畅谈，她要跟一个农民做的一桩引火劈柴的生意。事实上她对待新郎官的态度和对进店来买一品脱酒的顾客没什么区别。不过到这时为止，一切还算是正常的；整个小镇都感到高兴，因为他们看到爱给马文·梅西带来的变化，希望这种变化也能在他的新娘身上出现。至少他们指望婚姻能让阿米莉娅小姐的脾气平和一些，变得丰腴更像个新娘样，多一些女人味。

他们大错特错了。那晚在窗口偷看的男孩子们说真正发生的是如下情景：新娘和新郎吃完一顿丰盛的晚餐。照例由阿米莉娅小姐的厨子黑人杰夫准备。新娘每种菜都要再添一份，新郎却挑挑拣拣没那么大胃口。吃过饭，新娘又像往常一样例行处理杂事——报账、检查存货、理账单等等。十一点的时候，新娘举着油灯上楼，新郎紧跟在其后。到目前为止一切也都顺理成章，但是接下来的却一点儿不合情理。

半小时后，阿米莉娅小姐从楼上慌张地跑下来，穿着内裤和咔叽夹克衫，脸色黑如焦炭。她使劲儿摔上厨房门，再狠狠地踹了一脚。然后终于控制住自己，通通炉子，两只脚架到厨房炉子上坐了下来。她喝咖啡，读《农民年鉴》，又用她老爹的烟斗抽了一袋烟。她面部生硬，表情严肃，终于渐渐恢复了原色。她不时地从年鉴上抄些什么写在纸片上。天快亮的时候，她起身去办公室打开了那台新买的打字机，她才开始学打字不久。她的新婚之夜就是这样度过的。天亮后，她像没事人似的，跑到院子里做木匠活，那是她上周开始做的一个兔笼子，准备做好后去卖。

如果新郎不能让心爱的新娘跟自己同床，而且整个镇子都知道，那他可真是要遗憾终身了。马文·梅西那天走出来脸色难看，身上还穿着结婚礼服。上帝知道那晚上他是怎么过的。他在院子里来回踱步，远远地注视着阿米莉娅小姐的一举一动。然后临近中午的时候，他终于有了主意，直奔社会城而去。他带回来很多礼物——一个椭圆形戒指；一瓶粉色装在瓷釉里的指甲油，那一阵很流行的东西；一个带着两颗心的银手镯，还有一盒要花两块半美金才能买到的糖果。阿米莉娅小姐瞅着这些精美礼物，拆开了糖盒，因为她饿了。剩下的东西，她狡黠地估算了一下价格，放在柜台上出售。这晚跟前晚毫无区别，除了阿米莉娅小姐把羽毛床垫也搬到了厨房，在炉子旁边打上地铺，而且还睡得挺香。

这样的情形持续了三天。阿米莉娅小姐照例跟往常一样打理生意，然后对谣传中离此地十英里以外要建的一座桥，产生了极大的兴趣。马文·梅西还是寸步不离地跟在她屁股后，脸上的痛苦一目了然。到了第四天，他大脑发热，做了件奇蠢无比的事情：他跑去齐霍，找了个律师来。然后在阿米莉娅小姐的办公室，当着她的面，把用所有的财产买下来的十英亩树林地，一股脑儿全签到了她名下。她对着文件认真仔细地研究了一番，确认其中没有任何欺诈，然后平静地收到桌子抽屉里。那天下午，太阳依然高照着，马文·梅西拿了一品脱威士忌独自跑到了沼泽地。快到傍晚的时候，他醉醺醺地回来了，上楼去找阿米莉娅小姐，睁着湿漉漉的大眼睛，他把手臂搭在了她的肩上。他试图想跟她解释什么，还没等他开口，她已经扬手朝着他脸上就是一拳。这一拳够狠，把马文·梅西一跟头打到墙上，一颗门牙也给撞掉了。

剩下的情节只能用大致描述。自从这第一次动手以后，只要马文·梅西凑近她胳膊够得到的地方，阿米莉娅小姐就会揍他，喝醉了也揍。最后就是把他整个从家里撵了出去，他只好在大庭广众面前出丑了。白天，他就在阿米莉娅小姐家附近晃荡，有时候他讪着一张疲惫扭曲的脸，把他的步枪拿出来擦，一边紧瞄着她看。她如果心里害怕，也是看不出来的，但是她的脸更加厉色，时不时往地上吐一口唾沫。他最后的一个愚蠢行径是半夜三更从窗户爬进店里，无所事事地坐在黑乎乎的店里，直到第二天早晨她下楼看到。至此阿米莉娅小姐立刻动身去齐霍镇上的法庭，意旨要告他私闯民宅，应该进监狱。马文·梅西从此离开了小镇，没人看到他走，也没人知道他去了哪里。离开那天，他留下一封奇怪的长信，从阿米莉娅小姐门缝下塞进去，信是一半用铅笔一半用钢笔写的。那是一封激情澎湃的情书——当然也混杂着威胁恫吓，他发誓这辈子一定要报复她。他的婚姻只持续了十天。在看到某人为一种邪恶、可怕的力量摧毁时，人们常常会产生这样的感情。

阿米莉娅小姐拥有了马文·梅西的全部财产——他的林地，镀金手表，他的每一样家当。但是她似乎根本不在意这些东西。那一年春天，她把他的一件三 K 党长袍剪开用来防寒盖她的烟草苗。他所做的一切都给她带来更多的财富，最终令她得到爱情。但奇怪的是她一提起他就咬牙切齿。从没叫过他的名字，提到他也总是一副嘲笑的口吻说：“那个我嫁过的修理工。”

后来有关马文·梅西的恐怖谣言传回到小镇时，阿米莉娅小姐就十分高兴。因为一旦摆脱了爱的束缚，他真正的嘴脸终于露了出来。他真成了一个罪犯，他的名字和照片充塞了全州的新闻报刊。他抢了三个加油站，还用一支锯掉半截的枪恐吓抢劫社会城里的一家便利店。有人怀疑是他杀死了有名的劫机犯“眯缝眼”山姆。所有这些案子都跟马文·梅西的名字有关，他成了县城里臭名昭著的恶棍。终于有一天他被抓起来了。被抓的时候，他正醉倒在一家旅店的地上，身边一把吉他，右脚鞋壳里有五十七块钱。一系列提审判刑后，他被关进了亚特兰大附近的一所监狱里。这使阿米莉娅小姐心满意足。

所有的这些都是许多年前的事了，这就是阿米莉娅小姐的婚姻故事。小镇为之津津乐道了好久。虽然外表看来，这桩爱情故事悲伤又好笑，但是请记住真正的故事，却是在那个爱者的灵魂深处所发生的一切。所以，除了上帝，又有谁能对这个恋人，或任何恋人拥有最后的话语权呢？咖啡馆开张的那个晚上，就有人突然想起了那个被关押在遥远监狱里受创的新郎。即使许多年后，马文 · 梅西也没有被小镇彻底忘掉。人们在阿米莉娅小姐和罗锅面前从来不提他的名字。但是对他的那些爱恨情仇，罪恶多端的记忆，以及遥远的监狱牢窗的画面，却在阿米莉娅小姐的幸福爱情和欢乐咖啡馆的气氛下，奏出令人不安的低音。

小店变成咖啡馆的四年里，楼上的房间没有变化。阿米莉娅小姐的领地，她一辈子住的地方始终保持原样，甚至保持着从前她父亲住的样子，还有可能比那更早之前的样子。就像前面提到的，那三个房间干净得无可挑剌，最细微的东西都物有所归。每天早晨，用人杰夫把所有的物品都擦拭清扫一遍。前边的卧室归雷蒙表哥——从前的新郎马文 · 梅西也住过有限的几天。那之前是阿米莉娅小姐父亲的卧室。房间里有个大衣橱，上面蒙着浆洗过的白色亚麻布，边缘有钩针织的花形。还有一张大理石桌子。老式镂花深色红木的四角床柱，床又宽又大上面铺了两个羽毛垫，摆枕和几床手工缝制的羽绒被。床太高，床脚放了两块木制台阶——从来没人用过。现在雷蒙表哥每天晚上拉出来，煞有介事地踏上去。靠近台阶，看不见的角落里放着一只磁便壶，上面漆着粉红色的玫瑰花。深色反光的地板上没铺地毯，窗帘也是一系列白色带着钩织边的装饰品。

客厅的另一头是阿米莉娅小姐的卧房，房间小，布置也简易些。松木做的床窄小。有一个衣柜，给她放内衣裤、衬衫、周日正装连衣裙之类，她还在壁橱内钉了两个钉子挂水靴。房间里没有窗帘、地毯，也没有任何装饰物。

中间大房间也就是客厅，摆设极尽精致。壁炉前摆放着红木沙发，绿色的丝绒垫子。几张大理石面的桌子，两台“胜家”缝纫机，高大的花瓶里插着蒲苇草——一切富丽堂皇。客厅最显眼的一件家具是个大玻璃门橱柜，里面放着各种珍宝古玩。阿米莉娅小姐又在里面加了两样东西——一个从水橡树上掉下来的大橡子，一个天鹅绒盒子装着两粒灰色的石子。有时候，她闲来无聊就会把盒子拿出来，站在窗口把两粒石子摆放在手心里，脸上带着惊奇又充满敬畏之心的表情。那还是几年前在奇霍医院，从她身上取出来的两颗肾结石。那是一场从头到尾痛苦不堪的经历，而她所得到的就是这两粒小石头，她简直必须认定它们非比寻常，否则真是吃大亏了。所以她保存着这两粒石子直到雷蒙表哥跟她同居后的第二年，才把它们镶嵌在表链里作为礼物送给了他。她收藏的另一个东西，那个大橡子，对她很珍贵——但是每次看到，却总是一脸悲伤和迷惑。

“阿米莉娅，这东西有什么意义吗？”雷蒙表哥有一次问她。

“怎么了，就是一个橡子啊，”她说，“是我的老爸去世那天下午捡的。”

“这能说明什么呢？”雷蒙表哥不肯放弃。

“就是我那天在地上看到一个橡子。我捡起来放衣兜里。我也不知道为什么。”

“留这个东西也够奇怪的。”雷蒙表哥说。

阿米莉娅小姐和雷蒙表哥在楼上的房间里，经常进行这样的对话，大都是在凌晨时分，罗锅睡不着觉的时候。一般情况下，阿米莉娅小姐不太爱说话，不会不经大脑想到什么说什么。当然，有些话题也是她喜欢的。这样的话题都有一个共同点——就是永无止境。她喜欢思索那些经年探究也没有答案的问题。雷蒙表哥则正相反，他喜欢随便什么话题，因为他是个喋喋不休的人。所以他们谈话的方式也就截然不同。阿米莉娅小姐喜欢天马行空，放飞思绪，话题无边无际——而雷蒙表哥会突然打断她，像个唠叨的老太婆，专拣那些具体的话题，虽然没什么深远意义，倒的确实际。阿米莉娅小姐最喜欢的一些话题是：星辰，黑人为什么黑，癌症的最佳治疗方法之类的问题。父亲也是她钟爱的一个永无止境的话题。

“哦，雷，”她会对着雷蒙昵声道，“那时候可真能睡，天黑一掌灯就开始睡，一直睡到简直要晕过去了。然后天亮了，老爹走进来，推我的肩膀，说：‘起床了，小妞。’等到炉子热了，他就会在厨房地下朝楼上喊：‘油炸玉米饼，鸡胸肉和肉汁，咸肉鸡蛋。’然后我就从楼上跑下来，在火热的炉子边穿上衣服。他去外面打水洗脸。我们再一起去酒窖，或者，也许——”

“我们今早吃的炸玉米饼一点儿不好，”雷蒙表哥说，“炸得太快了，里面还没有热透。”

“有时候老爹酿酒——”说到这种话题的时候，阿米莉娅小姐会把长腿伸到壁炉前，讲个没完没了。如今屋子里不分冬夏总烧着壁炉，因为雷蒙天生怕冷。他坐在对面的矮椅子里，腿还是够不着地面，胸前总盖着毛毯或者那条绿色的羊毛披肩。阿米莉娅小姐从不跟任何人谈论她父亲，除了雷蒙表哥。

那是一种她对他爱的表现。他知道她最深藏的隐私和至关重要的事情。只有他知道酒窖示意图放在哪里，上面有她在附近存放的酒坛具体位置。只有他可以看到她的银行存款，有古玩储藏柜的钥匙。他可以直接从收银机里拿钱，大把地抓起来，放在口袋里得意地听着丁零当啷硬币的响声。这屋里的东西差不多全是他的了，因为每次他一不高兴，阿米莉娅小姐就会到处搜寻送礼物给他——所以现在几乎没有可送的东西。她唯一不想跟雷蒙表哥分享的记忆就是她那十天的婚姻。马文·梅西是两人之间从来没碰触过的话题。

所以让时间快速穿越到雷蒙表哥出现六年后的一个周六晚上。这是八月的一天，小镇的天空从早到晚像一大块燃烧的布。黄昏临近时，空气中才开始有了一丝轻松的气氛。街道上落着一层厚厚的黄干土。光着屁股的小孩到处跑着，一边喷嚏连连，满身汗水，烦躁不堪。棉纺厂中午就关门了，住在商业街两旁的人们坐到门口的台阶上，女人们手里摇着芭蕉扇。

阿米莉娅小姐的家门上挂着个牌子，上面写着“咖啡馆”三个字。后院的阳台上倒是凉爽，在网状的阴凉地上，雷蒙表哥坐在那里摇制冰激凌——他的任务就是把盐和冰块准备好，再时不时取出搅拌器，舔一口尝尝味道如何。杰夫正在厨房做饭。那天早上，阿米莉娅小姐在前阳台墙上贴了一张告示：“今日晚餐，炸鸡——两毛钱一份。”咖啡馆已经开始营业，阿米莉娅小姐在办公室里刚处理完一天杂事，八张桌子就都坐满了人，自动钢琴正奏出动听的音乐声。

亨利·梅西和一个小孩坐在靠门角落的桌子旁。他在喝酒，这实在不寻常。因为，他一喝酒就容易失控，又哭又唱。他的脸色苍白，左眼皮一直不停地抽搐，表明他在生气。他是侧着身悄悄走进咖啡馆的，进来也不说话，跟他打招呼也不吱声。旁边的孩子是贺莱斯·威尔士家的，今天早晨送来让阿米莉娅小姐看病。

阿米莉娅小姐从办公室出来时精神很好。她在厨房关照一番，就走进了咖啡馆，手里拿着一块鸡屁股，那是她最喜欢吃的。她朝房间四下望了望，看看一切都有条不紊，就走到角落里亨利·梅西坐的那张桌子旁。她把椅子调转过来，跨坐上去，她只是想聊会儿天，并没有打算吃晚餐。她的工装裤子后屁股兜里，有一瓶“百病除”药水，是她用威士忌酒、硬糖果和一种秘密原料配制的。阿米莉娅小姐打开瓶盖，给小孩喝了一口，然后转向亨利·梅西，看着他不停抽搐的右眼，问道：

“你怎么了？”

亨利·梅西看起来费劲地想说什么，但是，他盯着阿米莉娅小姐的眼睛，把话又吞了回去。

阿米莉娅小姐又转回到她的小病人，只看到搭在桌子上的孩子头。孩子的脸红扑扑的，眼睛半闭着，嘴巴半张，大腿上有个又肿又硬的大疖子。孩子来阿米莉娅小姐这里，就是看她有没有办法处理。阿米莉娅小姐治疗孩子有绝招；她最怕听见孩子叫疼，或者恐惧。所以她让这孩子一大早就来了，给他嚼甘草，时不时喝两口“百病除”药水，直到晚上，才给孩子带好餐巾让他吃饭。现在孩子坐在桌子旁，脑袋无力地不时左右摇晃，出气时发出疲惫的哼哼声。

餐馆里一阵骚动，阿米莉娅小姐很快地朝四下望着。雷蒙表哥走了进来。罗锅像每天晚上一样，大摇大摆地走进咖啡厅，走到屋子的中间站定，朝四周警觉地扫一圈，在心里把周围的人各自掂量一番，想好了那晚算计人的伎俩。罗锅是个捉弄人的高手。他喜欢煽风点火惹是生非，一语不发，就可以挑起双方的恶战，简直是个奇迹。两年前，瑞内双胞胎因为他，为了一把刀吵得不可开交，从此不再来往。

李伯·威尔伯和罗伯特·卡黑尔之间的大打出手，他也在场，乃至他来小镇后，所有的大大小小的打架斗殴，都有他插足。他到处管闲事，知道每一个人的隐私，每天一睁眼，就想着如何损人利己。然而很奇怪，如此受欢迎的咖啡馆，却又因了罗锅的缘故。只有他在场，才喧嚣非凡。他一走进来，立刻有一种紧张的气氛散开来。因为有他这么个无聊至极的人在旁边，你永远不知道会有什么大难，何时何地降落到自己头上。人们好像也从来没像现在这么无聊，喜欢看热闹，或者希望有人闹事。所以当罗锅大踏步走进咖啡馆的时候，所有的人都扭头看他，瞬间说话声、喧哗声膨胀起来，酒瓶起盖，杯盏相撞。

雷蒙朝着矮胖子麦克·菲尔挥手，矮胖子正和莫利·莱恩、卷毛亨利·福特坐在一起。

“我今天到臭水湖去钓鱼了，”罗锅侃侃而谈，“路上我踩到了个东西，开始还以为是倒掉的一棵树。等我跨过去后，觉得好像有什么东西在动，回头再看一眼，原来是一条大鳄鱼，至少有前门到厨房这么长，比猪还粗。”

罗锅信口开河，人们不时地瞅他两眼，听两句他的话，但大多人根本就不在意。很多时候他说的不是假话就是吹牛。

他今晚照例是一派胡言乱语。他因为夏季扁桃腺炎发作，在床上躺了一天，到了傍晚才起来也只是为了来开制冰激凌机。这个大家都清楚，可他还是站在咖啡馆当中，口若悬河，滔滔不绝。那些大话不知道的人听了头皮都会发麻。

阿米莉娅小姐手插在兜里，歪着头看他。奇怪的灰眼睛里带着几许温柔，她兀自微笑着，时不时把眼光从罗锅身上移到咖啡馆的其他人身上——这时候，她脸上就多了自豪，还有一丝恐吓的暗示，仿佛在说看谁敢拿他这些无聊的行径对质。杰夫正把晚餐端进来。新买的电风扇吹送着舒适的凉风。

“小家伙睡着了。”亨利·梅西终于说道。

阿米莉娅小姐瞅一眼他身边的小病人，面色凝重地思考着如何处理。孩子的下巴搭在桌子边上，嘴角流出一缕口水或者是“百病除”药水。他的眼睛差不多都合上了，眼角堵着一堆安静的小飞虫。阿米莉娅小姐把手放在他头上，用力摇晃也没把他摇醒。于是她小心着避开伤口，把孩子从桌子旁抱了起来。她抱着他进了办公室，亨利·梅西也跟着进去，而后门关上了。

雷蒙表哥那天晚上百无聊赖。因为没什么令人振奋的事情。尽管天气燥热，咖啡馆的顾客们却依然兴致很高。卷毛亨利·福特和瑞斯·韦尔斯坐在中间桌子上，搭肩搂背地在为一个什么没完没了的笑话傻笑着。但是等罗锅靠近想掺和，却又搞不清他们在笑什么，因为他没听到开头。月光照在落满尘埃的路上。低矮的桃树在黑暗里纹丝不动，一丝风也没有。沼泽地里的蚊子的嗡嗡声仿佛是这寂静夜晚的回音。小镇一片黑暗。除了远处路边有灯火莹莹闪烁。黑暗里有个女人在大声地喊唱，没头没尾曲不成调，只有三个音符来回唱个没完没了。罗锅靠着阳台的柱子站在那里，望着空空荡荡的小路，仿佛是在期待着有人会来。

“雷蒙表哥，”他的身后传来阿米莉娅小姐的声音，“你的晚餐已经放在桌子上了。”

“我今晚没有胃口，”罗锅说，“我的嘴巴里都是酸的。”他吃了一整天鼻烟盒里的甜食。

“那就随便吃几口吧，”阿米莉娅小姐说，“胸脯肉，肝和心好了。”

他们一起回到明亮的咖啡馆内，坐在亨利·梅西桌子旁。这是咖啡馆里最大的一张桌子，上面摆着一个大可口可乐瓶子，里边装着一束沼泽地野百合。阿米莉娅小姐已经给小病人治疗完毕，对结果也算满意。刚才在办公室里，孩子只是在睡梦里抽泣了几声，还没全醒过来感到害怕时，一切就都已经结束了。孩子现在趴在爸爸肩膀上，睡得很沉，他的小胳膊从爸爸的背上垂下来，有些浮肿的小脸很红，父子俩正准备离开咖啡馆回家。

亨利 · 梅西还是沉默不语。他认真地吃着饭，尽可能不吞咽出声音，而且也没有雷蒙表哥三分之一的食量。刚才罗锅说没有胃口，现在左一盘右一盘吃个没完。亨利 · 梅西偶尔抬头看一眼对面的阿米莉娅小姐，接着还是寡言不语。

这是一个很平常的周六晚上。有一对从乡下来的老夫妇，站在门口驻足观望，手拉着手迟疑不定，终于还是决定一起走进了咖啡馆。这对老夫妇一定生活在一起很久了，他们看起来就像是一对双胞胎。棕色的皮肤抽抽着布满皱纹，像两颗移动着的花生。他们很早就走了。半夜时，大部分顾客也都离开了。罗沙科林和莫利 · 莱恩还在下棋。矮胖子麦克 · 菲尔坐在桌子旁握着个酒瓶子（太太不许他在屋里喝酒），边喝边自言自语。亨利 · 梅西还没走，这太不寻常了，因为他通常天一黑就睡觉。阿米莉娅小姐也困得直打哈欠，但是雷蒙表哥却 很精神。所以她也就没提打烊的话题。

终于，半夜一点了，亨利 · 梅西盯着天花板的一角，平静地对阿米莉娅小姐说："我今天收到了一封信。"

阿米莉娅小姐并没有在意，她每天都会收到无数的商业信函，货品目录之类的东西。

“是我兄弟写的。”亨利 · 梅西终于说。

罗锅正双手捧着后脑勺，在屋子里迈着四方步，他突然停住了脚。他能快速地分辨出任何一种气氛变化。他迅速地扫一眼房间里的其他人，然后等待着。

阿米莉娅小姐皱起了眉头，右手握紧了拳头。“信你留着吧。”她说。

“他被假释了，已经从监狱里出来了。”

阿米莉娅小姐的脸瞬间阴郁了下来，虽然夜晚很温暖，她却开始发抖。矮胖子麦克 · 菲尔和莫利 · 莱恩早把棋盘扔到了一旁。咖啡馆一片寂静。

“谁？”雷蒙表哥问道。一双苍白的大耳朵仿佛正从他的脑袋上一点点长出来，并且变硬了。“怎么回事啊？”

阿米莉娅小姐手掌击桌，“因为马文 · 梅西是个……”她的声音嘶哑，过了一会儿，才说，“马文 · 梅西应该一辈子待在监狱里。”

“他干了什么。”雷蒙表哥问。

屋子一片死寂。因为没人知道如何回答这个问题。矮胖子麦克 · 菲尔说：“因为他抢了三个加油站。”但是他的回答听起来并不完整，而且还有一种欲盖弥彰的感觉。

罗锅很不耐烦。他最难以忍受什么事情漏掉了他，即便是一场灾难。他从没听过马文 · 梅西的名字，但是依然很有吸引力，就像别人都知道，唯独他不知道的事情一样——比如他来之前，旧锯木厂被关闭的事情，或者谁说的有关可怜的毛里斯 · 费恩斯坦的一句什么话；或者在他来小镇之前发生的任何一件事，都令他无法忍受。除了这天生的爱管闲事性格外，他对任何抢劫、犯罪之类的也都十分有兴趣。他一边儿绕着桌子，耀武扬威地迈步，一边儿嘴里不停地嘟囔着："假释了……监狱。"他不停地询问，就是找不到任何线索，因为没人敢在咖啡馆里，当着阿米莉娅小姐的面谈论马文 · 梅西。

亨利 · 梅西说："信里没写什么，也没提他要去哪里？"

"哼，"阿米莉娅小姐哼了一声，脸色更加铁黑生硬，"他的恶蹄子别想踏进我的地盘一步。"

她把椅子挪开，桌子摆好，准备打烊关门。马文 · 梅西的出现一定让她陷入了沉思。她把收银机特别搬到了厨房里的安全地。亨利 · 梅西走了，消失在黑暗里。但是卷毛亨利 · 福特和莫利 · 莱恩依旧在前廊待着。后来，莫利 · 莱恩宣称，他发誓那天晚上就预知到后来会发生的事情。但是小镇的人不把这话当回事，因为莫利 · 莱恩从来喜欢发誓。阿米莉娅小姐和雷蒙表哥在起居间说了一会儿话。终于，罗锅说他要睡觉了，于是她把蚊帐给他放好，等他祈祷完毕，她自己换了睡袍，抽了两袋烟，又等了很长时间，才去睡觉。

秋天是个快乐的季节，地里的庄稼长势喜人，瀑布叉市场里烟叶价格也一直稳定。经过了长长的炎夏，初凉的几天里，空气都透着甜蜜清新。金色的茴香草开满了尘土纷扬的路边，甘蔗熟得亮紫。每天校车从奇霍来接送孩子们去学校上课。松树林里男孩子们捕猎狐狸。暖阳高照的太阳底下，人们晾晒着冬天的被子。为过冬准备好的地瓜，裹着稻草堆满了一地。傍晚的小镇上，烟筒升起一缕缕炊烟，圆而大的橘色月亮挂在秋日的天空上。初寒的夜晚里的静谧无法比拟。有时候，夜深人静的时候，一丝风也没有，你可以听到隐隐的火车鸣笛声，那是从社会城开出去往北方的火车。

这季节对阿米莉娅·伊文斯小姐来说最繁忙了，从天一亮忙到天傍黑。她给酒窖做了个更大的压缩机，一星期就酿出了够整个小镇喝的酒。她的那头老骡子，马不停蹄推磨都转晕头了。她用消过毒的玻璃罐，装制好的鸭梨果酱，她兴致勃勃地等待着第一次霜冻，因为她买了三头大猪，准备做很多烤肉和各式香肠。

这几个星期，人们注意到阿米莉娅小姐的一些特质。她笑口常开，笑声像铃声一样清脆，吹的口哨也清脆悦耳。她好像总在试探自己的力气，抬重物，或是用手指按着胳膊上的肌肉。有一天她坐到打字机前写了一个故事——里面有外国人，陷阱，还有百万英镑。雷蒙表哥总是跟着她，跟屁虫一样走哪儿跟哪儿。而她望着他的时候，脸上发出一种柔软的光亮，叫他名字的时候，声音里有一种爱意荡漾。

第一场寒流终于来了。窗户上结了冰花，霜雪把院子里的草变成了银色的一片。当阿米莉娅小姐早晨醒来看到这一切时，她立刻冲进厨房燃起炉子，炉火熊熊燃烧。然后她走出去观望天色。空气凛冽而肃杀，淡青色的天空万里无云。远处的人们也陆续赶过来，询问阿米莉娅小姐对天气的判断如何。她决定杀最大的一头猪，于是消息传遍村子里所有的人。猪被宰了，烧烤坑里架起了橡树柴火，篝火慢燃。后院里弥漫着一股猪血和烟雾混成的暖洋洋的气味。空气中回荡着脚步声和人语声。阿米莉娅小姐来回巡视着传达指令，很快一切准备就绪。那天她要去奇霍镇办点事情，所以一切妥当后，她就启动汽车准备出发。她要雷蒙表哥一起去，事实上她已经问了他七次，但他不愿意离开这里的热闹，执意待在家里。这让阿米莉娅小姐不太舒服，因为她总喜欢他陪着她，否则她独自一人出远门，就会觉得特别想家。但是问了他七遍以后，她不想再强迫他了。走之前她找了根棍子，绕着烧烤坑深深地画了一个大圈，大概离坑有两尺远吧，跟他说不许越过界线。她吃过晚饭离开的，准备天黑之前回来。

那个时候，如果有一辆卡车或汽车穿过小镇到另一个地方，并没有什么稀奇。每年都有收税的人来交涉，比如像阿米莉娅小姐这样的富人。而镇上如果有如莫利·莱恩之类的人注意到，就会想方设法跟来人商量贷款买辆车，或者付三块钱做底金，买个像奇霍商店窗户广告上的那种电冰箱。然后就会有管闲事的城里人下车盘问，跟他找麻烦，破了他贷款买东西的梦。有时候，特别是自从修路工人来到瀑布叉高速后，载着带脚镣犯人的车也会经过小镇。时常会有司机迷路，下车问路。所以那天傍晚，人们看见一辆卡车，经过棉纺厂，然后在临近阿米莉娅小姐咖啡馆的路中间停了下来，也就不觉得有什么奇怪。从卡车后边跳下来一个男人，卡车接着又开走了。

男人站在路中间，四下张望。他个子很高，棕色的鬈发，一双疲倦的深蓝色眼睛，嘴唇红润，笑起来时半张着嘴巴，是那种惯于吹嘘的人的笑容。这个人穿了一件红衣服，腰间扎着一个很宽的工具腰带。他带了一个铁皮行李箱，还有一把吉他。小镇上第一个看到这人的是雷蒙表哥。他先是听到了卡车拉杆的声音，出来瞧瞧是什么。罗锅只是把脑袋从阳台的角落里探出来，并没有走出来。他和这个男人之间的彼此对望，并不像初次见面的两个陌生人的对视。他们彼此快速在心里把对方掂量了一番。互相交换了一个奇怪的眼神，仿佛两个罪犯，认出了彼此。然后红衣人耸了耸肩膀，转身走了。罗锅的脸一下子煞白，他看着男人离开，停了片刻，便小心翼翼地远远跟着他。

很快，马文·梅西回来的消息传遍了小镇。他先去了棉纺厂，胳膊懒洋洋地搭在窗棱上往里面瞧。像所有的懒人一样，他喜欢看别人卖力干活。棉纺厂顿时陷入一片混乱。染布的人离开了染缸，纺织的人也弃纺织机不顾，就连小工头矮胖子麦克·菲尔，也变得不知道自己该干什么了。马文·梅西依旧半张着嘴巴，喘着湿气笑着。等他看到自己的兄弟，脸上照旧是一副吹牛的表情。在棉纺厂转了一圈后，马文·梅西找到他从前住过的地方，就是他长大的那个房子，他把行李箱和吉他放到阳台上。然后一路绕着伐木场、池塘、教堂、三家商店，还有小镇的其他地方转了一圈。罗锅不远不近地跟在他身后，两手插在兜里，他的一张小脸儿依旧煞白。

天已经很晚了，冬日的残阳正在消失殆尽。西边的天空是一片深金色的紫红。鸟儿们飞回到破旧的烟筒下面的窝。

油灯初上，空气中不时地飘过炊烟的气息和烤猪的熏香味。咖啡馆后院的烧烤坑里慢火熏着烤猪。马文·梅西在小镇转了一圈后，来到了阿米莉娅小姐住的地方，停住脚，读着阳台上的广告。然后，毅然决然地从侧门走了进来。棉纺厂传来一声孤寂微弱的哨子声，收工了。很快，更多人涌到阿米莉娅小姐的后院，除了马文·梅西，还有卷毛亨利·福特，莫利·莱恩，矮胖子麦克·菲尔，还有一些小孩，他们只是站在边上围观，没人说话。马文·梅西站在烧烤坑的一边，其他人集中在另一边。雷蒙表哥站在离大家都隔着一段距离的地方，他的眼睛一刻也没有离开马文·梅西的脸。

“你在监狱里过得还好吧？”莫利·莱恩痴痴笑着问道。

马文·梅西没有回答，从屁股兜里摸出一把刀子，慢慢地打开，在他坐的椅子上面霍霍地磨起来。莫利·莱恩立时闭了嘴，躲到膀大腰粗的矮胖子麦克·菲尔身后去了。

阿米莉娅小姐直到天黑才回来，老远就听到她汽车的轰隆声，然后是关车门的声音，还有咕咚咚的声音，好像她正往前院的台阶上拽什么东西。太阳已经下山了，空气中散发着冬日夜晚特有的蓝雾一般的光亮。阿米莉娅小姐从台阶上慢慢走下来。院子里的人静静地等待着。这世界上没几个人能够帮得了阿米莉娅小姐抗衡马文·梅西，一个她恨之入骨的人。所有的人都等着看她发飙，砸东西，或者一股脑儿把他赶出小镇。开始她并没有看到马文 · 梅西，她脸上还挂着长途跋涉后回到家中时自然会有的那种安详、梦幻般的神情。

阿米莉娅小姐一定是同时看到了马文·梅西和雷蒙表哥。她从一个人的脸移到另一个人。但是最后用她那惊奇而厌恶的眼神，盯住的却不是那个从监狱出来的废物。她和每个人的眼神都盯在了雷蒙表哥身上。他可真是够瞧的了。

罗锅站在坑最远处，苍白的脸被橡木炭火映照出一种柔软的光。雷蒙表哥有一种特殊的技能，每当他想迎合某人的时候，就会派上用场。他静静地站着，只要一点点定力，他的两只大白耳朵就会轻而易举地摆动起来。如果他想从阿米莉娅小姐那里得到什么，就用这个招法屡试不爽。阿米莉娅小姐对此毫无抵抗力。所以现在罗锅站在那里，两只耳朵使劲在他脑子上扇动，只是这时他眼睛盯的不是阿米莉娅小姐，而是用一种近乎绝望的恳求，朝着马文 · 梅西微笑。开始马文 · 梅西并没有注意他，到最后他真的看到了罗锅，也根本没把他当回事。

“这个断背的有什么毛病？”他大拇指一摇，说道。

没有人回答。雷蒙表哥发现他的招数没达到目的，就拼命拿出新的招法。他开始不停地眨眼，眼皮像两只被逮住的白飞蛾在眼眶里拼命扑腾。两只脚不停地蹭着，双手摆动，最后竟跳起了简单的碎步舞来。在冬日的午后最后一束光里，他像极了沼泽地里被鬼附身的孩子。

院子里的人，只有马文·梅西根本不把他当回事。

“这个小矬子在抽风吗？”他说，见没有人回答，他就走过去，照着雷蒙表哥的太阳穴就是一拳。罗锅摇晃着，倒在地上。他坐在那里，还是仰望着马文·梅西，然后又努力着再扇动一次耳朵。

现在，所有人的眼光都投向阿米莉娅小姐，看她怎么办。这些年来，没有人动过雷蒙表哥一根汗毛，虽然大家都忍不住想动。如果有人对罗锅说话不恭敬，阿米莉娅小姐都会不再给这个鲁莽的家伙赊账，或者用其他方式一直让他不好过。所以现在，如果阿米莉娅小姐，用后阳台上的斧头把马文·梅西的脑袋劈开，也没有人奇怪。可是她什么也没有做。

阿米莉娅小姐有时候会显得恍惚。原因通常众所周知。阿米莉娅小姐是一个称职的医生，不会用沼泽地的草根，或者其他什么无名的配料碾碎做成了药，就给第一个来的病人试。每当她研制出新药时，都会自己先试一试。她会吞下大剂量，然后，第二天沉思着，在咖啡馆和砖厕之间徘徊。如果突然间感觉到一种绞痛，她会站定不动，用她那双古怪的眼睛盯着地面，攥紧了拳头。她在试图判断药物正在身体哪一个部位起作用，以及这种新药大概会治哪种病。现在，当她看着罗锅和马文·梅西站在那里，脸上就是这种表情，仿佛在认真辨认身体哪个部位不好受，虽然那天她根本没有试服过任何新药。

“这次给你一个教训，断背的。”马文·梅西说。

亨利·梅西把前额掉下来的一缕白发甩到后边，紧张地咳嗽了几声。矮胖子麦克·菲尔和莫利·莱恩来回移动着脚步，站在外围的小孩和黑人都不敢吭声。马文·梅西把磨好的刀收起来，肆无忌惮地朝四周环顾一圈，走出了院子。烧烤坑里的余烬已经变成了羽毛样的灰尘。天，已经完全黑了。

这就是马文·梅西从监狱里回来的情景。小镇上没有一个活人想见到他，即便是玛丽·黑尔太太，一个用爱和耐心抚养过马文·梅西的善良女人。当她第一眼看到马文·梅西的时候，这可怜的老太太，把锅都掉到了地上，哭了出来。但是什么也不会令马文·梅西不安。他坐在后院台阶上，懒洋洋地拨弄着吉他，晚饭做好后，他把屋子里的孩子们都推到旁边，自己先盛了一大碗，虽然，玉米饼和鸡胸肉都不够吃。吃完了饭，他跑到屋里找个最好最舒服的地方，然后，躺下睡觉，连梦都不做。

阿米莉娅小姐那天晚上没有开咖啡馆，她把所有的门窗都仔细锁上，关牢。看不到她和雷蒙表哥在里边干什么。房间的油灯亮了一个通宵。

马文 · 梅西带来了坏运气，就像一开始预料到的那样。第二天，天气骤变，炽热非常。即使大清早，空气就潮乎乎的，气压很低。风把沼泽地腐败的气味都吹了过来，嗡嗡叫着的蚊子铺满了绿色的蓄水池。这简直是反季节的现象，比八月还炽热，损失严重。因为小镇上凡是养猪的，几乎都照着阿米莉娅小姐的样子，在前一天把猪杀了。这样的天气，香肠怎么能保存呢？几天后，到处都弥漫着一股猪肉逐渐腐败的气味和一种令人沮丧的暴殄天物的气氛。更糟的是，瀑布叉路上的一家聚会吃烤猪肉竟然中毒，一个不剩地全死了。毫无疑问，他们的猪肉被感染了——谁知道其他的猪肉是否安全呢。人们备受煎熬，想吃猪肉，又害怕死。这真是一个暴殄天物与混乱不堪的时刻。

导致这一切的马文 · 梅西却毫无羞耻之心。他到处游荡。开工的时候，他在棉纺厂里游荡，从窗户探头探脑。星期天，他穿上红衬衫，挎着吉他在马路上来回游荡。他依旧还算帅气——棕色的头发，红色的嘴唇，宽宽的肩膀，但是，他现在恶名远扬，再好的长相也不能给他带来什么好处。而这种恶劣的品质，即使是他所犯的罪行也无法与之抗衡。的确，他抢劫了那些加油站。那之前，他也糟蹋了小镇上的良家女子，而且一笑置之。可以列在他名下的罪状不胜枚举，可是除开这些罪行之外，他身上有一种无法形容的卑劣的品质，几乎像臭味一样跟他如影随形。还有一件事，就是他从不出汗，即使是八月天，这还真是一件令人费解的事情。

在镇上的人看来，如今的他比以前更危险了，因为在亚特兰大的监狱里，他一定又学会了一种巫术。否则如何解释他对雷蒙表哥的这种影响。因为，从第一眼看到马文·梅西起，罗锅仿佛被鬼附了身，每分钟都想跟在这个劳改犯的身后，而且他本身已经就够恶贯满盈的了。但是马文·梅西不是对他恶言相见，就是根本不把他放在眼里。有时候，罗锅失去信心了，便独自靠在前廊的栏杆上，像一只停栖在电话线上的病鸟，而且一点也不掩饰自己的忧伤。

“但是，为什么啊？”阿米莉娅小姐会问，用她那双灰色的对眼盯着他，双手攥紧了拳头。

“哦，马文·梅西，”罗锅嘟囔着，沉重的叹息声让他停了抽泣又开始打嗝，“他去过亚特兰大。”

阿米莉娅小姐就要摇头，脸变得更加铁黑。先不说她对任何旅游都没有耐心。那些去过亚特兰大或者开五十里路去看海的人——她最瞧不起的就是那些无所事事的人。“到过亚特兰大有什么了不起。”

“他进过大牢。”罗锅说，一副求之不得的难以忍受的样子。

对于这样的嫉妒，你能如何反唇相讥呢？阿米莉娅小姐简直莫名其妙，自己都不确定自己该说什么话：“去过大牢，雷蒙表哥，这种经历可不是什么值得夸耀的。”

这几个星期，人们密切地注视着阿米莉娅小姐。她好像有点儿心不在焉，仿佛一下子掉进了恍惚的境地。不知道什么原因，马文·梅西回来的那天之后，她就收起了工装裤，穿起了那条红裙子。她通常只有去教堂，参加葬礼，或者在法庭上才会穿这条红裙子。然后过了几星期，她开始一点点打理这种状态。但是她的行动令人费解。如果看着雷蒙表哥跟在马文·梅西后边在小镇里到处走，让她伤心，她为什么不一了百了，告诉罗锅，如果他跟马文·梅西有什么关联，就把他撵出去。那不是更简单吗？雷蒙表哥就不得不服从她，否则只能忍受独自在世界流浪的痛苦了。但是阿米莉娅小姐好像没了主意，因为她还是生来第一次犹豫不决，到底应该怎么做。而且像多数人，在这种不确定的情景下一样，做出了最错误的事情。她开始同时做好几件事情，彼此之间互相矛盾。

咖啡馆照旧每天晚上开张，但是奇怪的是，马文·梅西大摇大摆地走进来，后面跟着罗锅。她竟然也没有把他轰出去，还给他免费的酒喝，朝他微笑，一种野性的诡笑。同时又在沼泽地里下圈套，马文·梅西一旦掉进去，必死无疑。她还让雷蒙表哥邀请他来吃星期天的晚餐，然后却在他下楼的时候，绊他一脚。她更给雷蒙表哥开启了一场大张旗鼓的快乐之旅。不辞劳苦去很远的地方观光游玩，开车三十英里去甲道城听音乐会，带他到瀑布叉看化装游行。总而言之，这段时间对阿米莉娅小姐来说精疲力竭，乱七八糟。在大多数人的眼里，她可真是一路冲向傻瓜号山顶，所有人都等着看结果究竟会如何。

天气又转冷了，冬天终于来了。这是棉纺厂关门的前一个晚上。孩子们睡觉也包着所有的衣服。篝火前，女人们撩起裙子梦游一般地烤火。下过雨后，路上的泥巴变成又冷又冻的泥辙。房子的窗户里透出微弱的灯光，桃树光溜溜的只剩下枯干。黑暗里，冬日宁静的夜晚，咖啡馆是小镇的温暖中心，灯火通明，远在半英里之外都能看得到。屋子的大铁炉子烧得炽热通红，柴火噼噼啪啪地响。阿米莉娅小姐给窗户装上红色的窗帘。从一个经过小镇的商人手里，她还买了一大把纸玫瑰，看起来和真的一样。

但是不仅仅是温暖，以及这些装饰和明亮让咖啡馆如此独特。小镇的人珍爱这个咖啡馆还有一个深层的原因。那是一种和自豪有关的东西，这种自豪小镇以前还没有体验过。想要理解这种自豪，必须先考虑生存问题。棉纺厂总是有很多人，但是，不是每一个家庭都有足够的食物、衣服和食油度日。生活也可以是想方设法使自己生命维持下去的一个漫长的过程。令人疑惑的一点在此：凡是有用的东西都有一个价格，都只能用钱买，这就是世界运转的方式。谁都知道一包棉花的价格，或者一夸脱糖浆的价格。但是人没有价格，免费出生，免费死亡，它能值多少钱呢？如果你好好观察一下，就会发现它值不了什么钱，有时甚至一文不值。当你累得满头大汗，费了好大精力，事情还是没有起色时，你心灵深处便会泛起一种感觉：你的生命并不太值钱。

但是，咖啡馆给小镇带来的这种新鲜的自豪感，却对每个人，即使是孩子都有影响。因为你不必一定要买晚餐，或者买酒，才进咖啡馆。你可以用一毛钱买一瓶冷饮。如果连那也买不起的话，阿米莉娅小姐卖一种樱桃果汁，只要一分钱一杯，粉红色的，而且很甜。几乎所有的人，除了神父威林之外，至少每星期来咖啡馆一次。小孩儿们喜欢在自家以外的地方睡觉，或者在邻居家吃饭，这时候他们最听话，表现又好又自豪。小镇的人们在咖啡馆桌子旁坐下来时的自豪感就与此相似。他们会梳洗一番才迈进阿米莉娅小姐的咖啡馆，进门前，还会有礼貌地在门口的垫子上把双脚蹭干净。在这里，你深沉的灵魂之处，那种你一钱不值的感觉，至少在这几个小时内，可以远远地抛到脑后去。

对于单身汉，不幸的人以及肺结核患者来说，这咖啡馆真是一个好去处。在此提一句，有理由怀疑雷蒙表哥就有结核病。他灰色眼睛的那种光亮，偏执狂个性，口若悬河滔滔不绝，还有咳嗽，所有这些都是症状。此外也有一种说法认为，结核病和驼背有一定的关联。但是，每当有人跟阿米莉娅小姐提起这个话题，她就会怒不可遏，并且极力否认这些症状。但是背后又会给雷蒙表哥热敷胸口，喝止咳糖浆之类的东西。这个冬天，罗锅咳嗽得更厉害，即使天寒地冻，他也咳出了一身汗，但是这毫不妨碍他跟着马文·梅西到处走。

每天他一大早就出门，直奔黑尔太太家后院，在那里苦苦等待——因为马文·梅西爱睡懒觉。罗锅站在那里，轻轻地叫着，像蹲在地上耐心地等在小虫子洞口的孩子，一边用扫帚毛往洞里捅，一边叫着："蚁狮，蚁狮，快出来吧，你的房子着火啦，你的孩子都给烧死了。"

每天早晨，罗锅就用这种声音叫着马文·梅西的名字，时而悲伤，时而诱惑，同时也是无可奈何——一会儿又生气，这样叫着，直到他走出来。罗锅就开始跟在他身后，在小镇里四处游荡鬼混。有时候去沼泽地一待就是好几个小时。

阿米莉娅小姐继续着最糟糕的事情：那就是同时进行好几件事情。当雷蒙表哥出去的时候，她并不叫住他，只是站在路中间，失落地看着他，直到他消失得无影无踪。如今，马文·梅西几乎每天都会和雷蒙表哥一起出现在晚餐桌上，在阿米莉娅小姐的桌子上吃饭。阿米莉娅小姐会打开保存好的鸭梨果酱，桌子上摆满了猪肉或者鸡，一大碗玉米楂 粥，还有冬季豆。确实，有一次，阿米莉娅小姐想毒死马文·梅西，但是弄错了盘子，自己吃了有毒的菜。刚尝到一点苦，就马上意识到了。那天她连晚餐也没吃，斜坐在椅子里，揉捏着胳膊上的肌肉，看着马文·梅西。

每天晚上，马文·梅西一进咖啡馆，先挑屋子中心最大最好的一张桌子坐下。雷蒙表哥给他拿酒来，分文不取。马文·梅西把罗锅往旁边一推，就好像他是沼泽地里的一只蚊子。他不仅对所受的款待一点儿不感恩，反倒是如果罗锅碍手碍脚，他就会反手给他一下，说："滚开，断背的——不然我把你这秃脑袋拧下来。"这时候，阿米莉娅小姐就会从柜台后走出来，慢慢走到马文·梅西旁边，手握紧了拳头。她那奇怪的红裙子，耷拉在瘦骨嶙峋的膝盖上。马文·梅西也会攥紧拳头。他们互相敌视着，慢慢绕着圈比试。虽然大家都屏住呼吸看着，但是什么也没有发生，决斗的时刻还没有来临。

这个冬天始终被人们记着，而且依然有人讲起，其中有一个特别的原因就是发生了一件重大的事情。一月二号这天早晨，人们醒来发现周围的世界都变了。懵懂的小孩子朝窗外看，被迷惑得哭了起来。上了年纪的老男人思前想后，也想不出有什么能够和眼前的景色相提并论。因为，那天夜里下了一场雪。半夜之后，凌晨时分，雪片悄无声息地纷纷扬扬落下来。等到黎明时，大地已经被白雪覆盖了。这场奇异的雪，堆在教堂红宝石色的玻璃窗上，把小镇的房顶染成了雪白一片。这场雪给小镇带来了一种迷茫萧瑟的情景。

棉纺厂附近的两居室房子，脏兮兮地扭斜着，仿佛随时会倒塌，所有的一切看上去阴暗而狭小。小镇里没几个人领略过雪本身的美。雪并不像北方人描绘的那种白，而是有一种温暖的蓝和银色。天空是一种温柔的蓝灰色。雪花静静地飘着，仿佛在梦里——小镇什么时候有过如此的沉静？

人们对雪的反应也不一而同。阿米莉娅小姐从窗子里向外望着，若有所思地扭动着一双光脚的大脚趾，把睡衣的领子往上拉了一下。她站了一会儿，然后把所有的百叶窗拉上，窗户也插好。她把整个屋子关得严严实实的，然后点亮了灯，静静地坐到盛好的一碗玉米粥前。她这样做并不是因为害怕下雪。而是每当她对一种新事态没有把握，无法确切做出判决时，她就会选择不理睬，除非她对于这一件事情有稳妥的想法（那倒才是她的常态）。她还是平生第一次看到下雪，所以，她对此没有概念，但是如果承认这是下雪，她就必须做出某种决定，而那些日子里，她的生活里已经充满了各种让她分心的事。所以她只好对着暗淡灯光的房子踱过来踱过去，假装什么也没有发生。雷蒙表哥则恰恰相反，趁阿米莉娅小姐转身给他端早饭的工夫，他溜出了门。

马文·梅西已经宣布这是下雪了。他说自己知道下雪是什么样的，他在亚特兰大的时候见过。从他那天在小镇上漫步的样子，你会以为这世界上每一个雪片都是他的。他对那些不敢走出房间的小孩嗤之以鼻，捧起一大团雪就开始吃起来。神父威林满脸怒容急匆匆地走在路上，绞尽脑汁想着如何把下雪这件事编进今天的弥撒里。大多数人对这一奇景都怀着谦卑、喜悦的态度；他们压低了嗓子说话，不时地毫无必要地用“劳驾”“借光”这样的客气话。几个意志比较薄弱的人，便借酒消愁，好在这样的人并不多。对所有人来说，这是一个特别的时刻，他们点了点自己的钱，准备拿出一部分晚上去咖啡馆。

雷蒙表哥跟着马文·梅西跑了一天，跟着他身后随声附和地赞赏着雪。感叹着雪飘下来跟下雨的不同。他仰头盯着那些梦一般温柔的雪花转啊转，直到他自己转迷糊摔了一跤。马文·梅西趾高气扬，他也跟着眉飞色舞，人们忍不住朝他喊道："'嘿'！马车上的苍蝇说了，'从没有见过咱们扬起这么高的灰尘啊。'"

那天晚上，阿米莉娅小姐并不准备提供晚餐。但是六点的时候，阳台上响起了脚步声，她小心翼翼地打开了门。是卷毛亨利·福特，虽然没有什么吃的东西，她还是让他坐下来，端了一杯酒给他。更多人走进来。那天晚上，天气阴冷难挨，虽然雪已经停了，但是松林里吹过来的风，把地上的细雪末刮得漫天飞舞。雷蒙表哥直到天黑才回来，当然，马文·梅西也一起来了，带着他的锡铁行李箱和吉他。

"你要出门？"阿米莉娅小姐马上问道。

马文·梅西在炉边烤火，然后在桌子旁坐下，仔细地削着一个小木签。他开始用小木签剔牙，不时把剔出的东西拿出来看看，在衣服上蹭两下。他根本懒得回答。

罗锅看着柜台后面的阿米莉娅小姐，脸上没有一点儿恳请的意思。他背着手，自信地晃动着耳朵，脸上通红，眼睛放光，衣服全湿透了。“马文·梅西来跟我们一起住几天。”他说。

阿米莉娅小姐没有反对，只是从柜台后面走出来，弓着身子在炉边烤火，仿佛这消息突然让她很冷。她跟其他女人在公共场合烤火时不一样，那些女人小心翼翼地把裙子掀起来不到一英寸。阿米莉娅小姐才不会顾虑，甚至经常忘了屋子里还有男人。现在她站在那里取暖，红裙子后边撩得很高，如果仔细看的话，可以清楚地看到汗毛很重的腿。她的头转向一边，自言自语着，点头又皱眉，声音里带着生气和指责，虽然听不清说的是什么。而这时，罗锅和马文·梅西已经到了楼上，就是起居间有两台缝纫机和蒲棒草的地方，还跑到阿米莉娅小姐住了一辈子的卧房里。咖啡馆楼下都能听到上面哐啷的声音，那是在给马文·梅西解行李，帮他安顿下来。

这就是马文·梅西硬挤进阿米莉娅小姐家的情景。一开始，雷蒙表哥让马文·梅西住他自己的房间，雷蒙表哥住起居室的沙发上，但是下雪，他着凉感冒又变成扁桃腺发炎。于是，阿米莉娅小姐把自己的床让给他。起居间的沙发，对她来说又太短了，脚都搭到外边掉到地上，很多时候就睡在地上。也许是这种缺少睡眠的原因，导致她心智不清，她对抗马文·梅西的所有方法，都成了返回来抗衡她自己，她掉进了自己布置的圈套，一再落入悲惨的境地。但她还是没有把马文·梅西撵出去，因为她害怕孤独。一个人一旦和另一个人共同生活过，独居就变成一件令人折磨的事情。当钟表突然间停止的空寂，壁炉燃着的室内寂静，空空如也的房子里紧张的独影流连。所以你宁愿跟一个普通对手住在一起，也不愿意独自面对孤独。

雪并没有下太久。太阳已经出来了，两天之内，小镇又像往常一样了。阿米莉娅小姐直到每一片雪花全都融化了，才打开门开始清扫房间，她把所有的东西都拿到太阳底下晾晒。但是在这之前，她做的第一件事情，就是到院子里，在苦楝树最壮的枝丫上系一根绳子，绳子上系个麻袋，里面结结实实地塞满沙子，这是她给自己做的沙袋。从那天起，她每天早晨在院子里打沙袋。她已经是个不错的拳击手——虽然脚下有点重，但是懂得招法，下手狠准，能弥补这一缺陷。

前面提到过，阿米莉娅小姐有六英尺二英寸高，马文·梅西比她还矮一英寸。重量上两个人相差不多，都接近160磅左右。马文·梅西胜在动作迅速，胸阔体壮。事实上，在外界人的眼里，他较占优势。但是小镇所有的人，都把赌注下在了阿米莉娅小姐的身上，因为没有人愿意赌马文·梅西赢。小镇也记着阿米莉娅小姐和瀑布叉的一个律师之间的较量。律师想骗她，那个律师可是个大块头，但是几乎被阿米莉娅小姐打个半死。她不仅仅拳术高超，还有其他招法足以令对方失魂丧胆，比如恐怖的表情，声嘶力竭的叫喊声。所以很多时候，旁观者都被吓得魂不附体。她非常勇敢，而且每天认真训练，在这种情况下，人们对她有信心，认定她能赢。当然决斗的日期还没有确定，但是这些都是无法忽视的迹象。

与此同时，罗锅却整天扬着一张瘦小的笑脸，趾高气扬地到处游荡。他不断在这两人之间制造麻烦。他老是扯着马文·梅西的腿，好让他注意到自己。有时候，他又跟着阿米莉娅小姐的身后——这种时候只不过是想模仿她那奇怪的走路姿势。他故意把眼睛斜歪着，勾着身体像只大猩猩，仿佛她非常恐怖。这种行为实在太恶劣了，即使是最爱开玩笑的酒客，比如像莫利·瑞恩都没有发笑，只有马文·梅西扬起嘴角咯咯笑着。这时候，阿米莉娅小姐就会在两种情绪中纠结。她会盯着罗锅，有一种迷失受伤的感觉。然后，恨恨地咬紧了牙关，看着马文·梅西。

“小心笑破你的肚皮，”她恨恨道。

而马文·梅西很多时候会提起地上的吉他。他的声音黏答答湿漉漉，嘴里总是有很多唾沫。音调从他嘴里发出来像是一条鳗鱼正从喉咙里慢慢爬出来。他的强而有力的手指很有技巧地拉拨着琴弦，他唱的所有的歌都妖言惑众，令人怒不可遏。阿米莉娅小姐通常忍无可忍。

“笑破你的肚皮！”她大声叫道。

但是马文·梅西总是有备而来反唇相讥。他会用手盖住琴弦挡住回音，然后，用一种慢条斯理傲慢十足的口气说：

“你怎样咒骂我，就会得到怎样的下场，嘿嘿，嘿嘿。”

每当这时，阿米莉娅小姐就会无助地站在那里束手无策，因为对这样的詈骂，谁也没想出过什么好的对策。她总不能诅咒对方，反过来又诅咒自己。他算是拿捏住了她的短板，她没有一点办法。

事情就是这样。至于这三个人之间在楼上屋子里发生了什么没有人知道。但是咖啡馆每天晚上却人潮汹涌，又添加了一张新桌子。即便是“隐居者”——一个叫瑞纳·斯密斯的疯子，在沼泽地隐居了多年。一天晚上，当他听到了这种情景也跑来看热闹，从窗户往里瞧，思索地望着明亮的咖啡馆里的人们。每晚的高潮则是阿米莉娅小姐和马文·梅西双双举着拳头，摆好架势，互相敌视着恨不得把对方吞掉。通常这种情况并不是因为两个人争吵，而是仿佛发自彼此的本能，莫名其妙地出现。咖啡馆会突然沉寂下来，你几乎能听到纸玫瑰被风吹得哗啦作响的声音。每天晚上，这种较量就比前一晚延长一些。

决斗发生在土拨鼠日，也就是二月二日。天气非常好，没有雨也没有大太阳，是一种不冷不热的天气。有几个迹象表明今天是决战的日子。十点钟的时候，小镇无人不知。一清早，阿米莉娅小姐就出去把沙袋扛下来。马文·梅西坐在后院台阶上，膝盖夹着一罐猪油，小心翼翼地大剂量往胳膊和腿上抹。一只老鹰在小镇上空飞过，胸口都是血。老鹰在阿米莉娅小姐的房子上空盘旋两圈飞走了。咖啡馆里的桌子都被移到了后边阳台上，腾出整个空间作为战场。到处都是要开战的迹象。阿米莉娅小姐和马文·梅西各自吃了四盘半生不熟的烤肉午餐，然后一下午躺着养精蓄锐。马文·梅西在楼上的大房间休息，阿米莉娅小姐在办公室的长条凳上伸展着休息。从她白色僵硬的脸上显而易见，静静地躺着什么也不做对她来说简直是一种折磨。但她还是像死尸一样躺在那里，眼睛闭着，手交叉着放在胸前。

雷蒙表哥一天都烦躁不安。因为激动兴奋的原因吧，一张脸紧绷着而又疲惫不堪。他准备了午餐，带着出去找土拨鼠——一个小时就回来了，午饭也吃完了，说土拨鼠看到了自己的影子，所以天气还要冷一阵子。看到阿米莉娅小姐和马文·梅西都在各自休息养精蓄力，他便独自一人想着也许可以粉刷一下阳台。房子好多年没刷了，事实上这房子有没有被刷过都是个问题，只有上帝才知道。雷蒙表哥于是四下折腾，很快就把阳台的一侧刷上了明快的绿色。这活一看就是个生手干的，他弄得浑身油漆。不用说，他连地板都没刷完就又去刷墙，使劲够着往高处刷，最后站到板条箱上多刷了一寸，油漆就用完了。地板只有一半是明绿色，墙壁则是锯齿样刷得参差不齐。然后雷蒙表哥就这么扔下不管走了。

他对刷墙的热衷很孩子气。说到这里，有件古怪的事应该提上一提。镇上没有一个人，包括阿米莉娅小姐在内，没人能弄得清楚那罗锅到底有多大。有人说他来小镇那年大概十二岁，还是个孩子——其他人则认定他早过了四十。他的眼睛倒是蓝而清晰得像个孩子，但是眼睑下面有一层紫色绉纱样的阴影，一看就是上了年纪。从他畸形身体也无法猜出他的年龄。即使他的牙齿也找不出线索，牙倒是满口（两颗因为咬核桃崩了），一口黄牙，吃太多鼻烟的缘故吧，所以，无法判断是耄耋之牙还是幼童之齿。如果直接问他年龄，罗锅又一问三不知——说不知道他来地球上多久了，是十年还是一百年。所以他的年龄就成了一个谜。

那天下午五点半，雷蒙表哥刷完了墙。天气骤冷，空气中能闻到一种潮湿的味道。从松树林刮过来的风吹着窗户咯噔噔响，一份旧报纸被刮落到路上，飞转着，直到撞上一棵带刺的树。人们开始从乡村赶来。满满的汽车里，孩子们毛茸茸的脑袋从窗口伸出来。拉车的老骡子仿佛带着疲惫愁苦的笑容，半睁半闭着眼睛沉缓地拖拉着。三个从社会城来的男孩，穿着一式的黄色人造丝衬衫，反戴着帽子——活脱脱像三胞胎。斗鸡场和布道会也少不了他们的影子。六点钟的时候，棉纺厂的哨子响起来。收工了，一天劳作结束了，人们开始聚齐。在这些新来的人里，自然会有一些二流子，来历不明之人，如此等等——但即便如此大家依然安静地聚在一起。小镇上空凝结着一种寂静的气氛，渐序暗淡的灯光里人们的脸就显得很奇怪。夜色慢慢降临，有一瞬间，天空呈现出一抹淡淡的浅黄，教堂山墙黑魆魆的轮廓就被衬托得更加空旷凸出。此后，天空慢慢黑下来，夜色笼罩了大地。

七是一个神奇的数字，是阿米莉娅小姐最喜欢的数字。喝七口水可以停止打嗝，绕着蓄水池跑上七圈可以治疗落枕，吃七服“阿米莉娅神奇驱灵散”，可以治疗蛔虫病——她的所有治疗方法几乎都和这个数字有关。这是一个凝聚了无限可能的数字，一个任何喜欢神道魔力之人都会珍视的数字。

这是无须宣告和言语的事实，每个人都知道，就像确切无疑地知道雨，或者沼泽地飘过来的臭气一样。所以七点钟之前，所有人都郑重地聚集到阿米莉娅小姐的地盘。精明人进到咖啡馆后，自动沿墙根站成一溜，也有人站在前廊上，或者院子里。

阿米莉娅小姐和马文 · 梅西都还没露面。阿米莉娅小姐在办公室的条凳上休息了一个下午后，已经上楼去了。另一边，雷蒙表哥却随时出现在你身旁，不停地在人群中穿梭，紧张地打着响指，眨巴着眼睛。七点的时候，他扭着身子进了咖啡馆，爬上柜台。一切都安静了下来。

一定是有某种事先安排，因为整七点的钟声一敲响，阿米莉娅小姐就出现在楼梯口。同时，马文 · 梅西也在咖啡馆的前面出现了，人群静静地给他让出一条路。他们两人不紧不慢地朝着对方靠近，握紧了拳头，眼里闪着梦游者一般的眼神。阿米莉娅小姐已经把红裙子换掉，穿上了旧的工装服，裤腿儿挽到膝盖上面，打着赤脚，右手腕上带着个很有气势的铁箍。马文 · 梅西的裤腿也卷了起来，上身赤裸，抹的全是油，脚下是一双出狱时穿的厚底鞋。矮胖子麦克 · 菲尔从人群中站出来，用手在他们的屁股兜里拍试一番，确保没有藏刀。然后剩下两人在明亮的咖啡馆中心。

毫无征兆地两个人同时出击，同时给对方的下巴一拳，阿米莉娅小姐的头和马文·梅西的脑袋同时往后仰，顿时撞晕了头。第一轮回合下来，开始的几秒钟，两个人只是在空地上原地盘旋，往来迂回，伸展虚假招式。然后两人突然扑向对方，仿佛野兽搏斗。互相撞击的声音，大声喘气的声音，擂动地板的声音。他们的动作迅速，以至于无法分辨究竟发生些什么。有一次，阿米莉娅小姐被往后扳着踉跄着几乎倒下，另一次马文·梅西肩膀被重击一拳，人像陀螺一样转起来。这种恶斗以一种野蛮的形式持续着，任何一方都没有退却的意思。

这种争斗的过程中，当敌对双方如此既快且准又狠时，很有必要从混战里抽身，观察一下周围的众人的表情。只见人们拉直了身体，紧贴着墙。矮胖子麦克·菲尔佝偻在墙角，紧张地握着双拳，一脸同情，嘴里发出奇怪的声音。可怜的莫利·莱恩张着大嘴，一只苍蝇飞了进去，都吞到肚里了还不知道怎么回事。雷蒙表哥呢——他可真是太有看头了。罗锅还站在柜台上，因而比咖啡馆里所有的人都高了一头。他双手叉腰，大脑袋朝前伸着，小腿弯曲，膝盖向两边突出。这种兴奋的场面让他突然发满皮疹毫无血色的嘴唇颤抖着。

数不清的拳头重击过招之后，还是分不出输赢。大约经过了半小时，争斗才开始有了转变。马文·梅西得势抓住了阿米莉娅小姐的左臂，他使劲往后掰，阿米莉娅小姐挣扎着，转身握住了他的腰，现在真正的较量开始了。摔跤从来是镇上最自然的争斗方式——就像拳击，要快，而且需要思维和注意力集中。现在阿米莉娅小姐和马文·梅西打得不可开交，人群从迷茫中醒过来，越围越紧。有一阵，肌肉裹着肌肉，臀部顶着胯骨。前驱后进，两侧外围，他们上下左右来回移动着。马文·梅西还没有出汗，阿米莉娅小姐的工装裤已经湿透了，汗水从她的腿上往下滴，脚印都是湿的。现在才是真正的考验关头，在这最危险的时刻，阿米莉娅小姐是那更强有力的一方。马文·梅西浑身油滑，很难抓牢，但是她更有力气。她把他朝后扳，一英寸一英寸地把他逼向了地板。这可真是一场不忍目睹的争斗，咖啡馆里只剩下两人低沉嘶哑的喘气声。终于她把他摁倒在地，跨坐在他身上。她的一双强有力的大手卡住了他的喉咙。

就在这千钧一发的关头，一声哭喊在咖啡馆上空响彻云霄，令人毛骨悚然。下边发生的事就是一个谜了。因为整个小镇都可以做证，当然也有人怀疑自己的眼睛。因为雷蒙表哥站着的柜台，至少离两个人交战的咖啡馆中心有十二尺。但是就在阿米莉娅小姐钳住马文·梅西喉咙的瞬间，罗锅竟然纵身一跳，穿越空中，像一只展翅飞翔的老鹰，落在了阿米莉娅小姐雄壮的背上。他用爪子般的细手指钳住了她的脖子。

后面的混乱令人费解。众人还没醒悟过来发生了什么，阿米莉娅小姐已经被打翻在地并踏上一双脚。因为罗锅的原因，马文·梅西赢得了最后胜利。阿米莉娅小姐趴在地上，手臂被翻过来压住，一动不能动。马文·梅西站在她身上，他的脸被打得鼓起来了，但是依然半张着嘴，扬着从前那种微笑。而罗锅已经消失得无影无踪，也许是被自己闯的祸吓坏了，也许干得太出色他想独自一人享受这份荣耀。不管怎样，他已经溜走了，以最快的速度从咖啡馆溜出去，趴到后院台阶下面。有人往阿米莉娅小姐脸上泼了水，过了一会儿，她终于慢慢站起来，趔趄着回到了办公室。从敞开的门里，人们看到她坐在桌子前，头趴在臂弯里，哭得上气不接下气。然后她手臂攥紧了拳头，在办公室的桌子上砸了三拳。终于，她无力地松开手，摊开手掌一动不动了。矮胖子麦克·菲尔走上去把门关上。

人群默默地离开咖啡馆。骡子们被唤醒，缰绳也解开了，汽车重新又摇动曲柄。那三个社会城来的男孩沿着路走远了。这样的决斗经不起推敲回味。人们回到家，拽了被子蒙头大睡。整个小镇除了阿米莉娅小姐的房子以外一片漆黑，她那里所有的房间都亮着灯，彻夜未灭。

马文·梅西和罗锅一定是在天亮前一个小时左右离开了小镇。在这之前，他们做了如下的破坏：

打开古董箱锁头，取走所有的东西。

砸毁自动钢琴。

在咖啡馆的桌子上刻上恶心人的字。

他们找到了那块可以从后边打开，有一幅瀑布图的手表，把它拿走了。

在厨房地上洒下一加仑的高粱糖浆，砸烂所有水果酱。

跑到沼泽地里，把酿酒坊砸的稀巴烂，把新压缩机和冰箱也都砸烂，最后一把火烧掉了棚子。

还给阿米莉娅小姐装了一盘饭，她最喜欢的香肠和玉米糌子粥，放的毒药可以毒死整个小镇。再把这盘饭极尽诱惑地放在咖啡馆柜台最中心的地方。

他们把能想到破坏的全部毁坏。除了没有进到阿米莉娅小姐过夜的办公室里，然后这两个人就一起走了。

这就是阿米莉娅小姐独自留在了小镇上的经过。如果人们知道如何能帮她，他们会伸手相救。就像有机会使坏的话，小镇的人也不会迟疑一样。有几个主妇拿着扫帚探头进来，想帮忙打扫。阿米莉娅小姐只是用一双迷茫的斜眼瞅着她们，摇了摇头。第三天，矮胖子麦克·菲尔进来，想买一盒皇后牌香烟，阿米莉娅小姐要价一块钱。咖啡馆的东西突然一夜之间涨到天价。这哪里还是什么咖啡馆？而且她变成了一个奇怪的医生，这些年来，她比奇霍的医生还受欢迎，从没有骗过病人，也不会因病禁忌必需品，比如酒啊烟啊之类的。也许，有那么几次她会小心地提醒病人不要再吃炸西瓜之类，病人自己都不会想到的奇怪东西。现在可好，所有理智的医道都消失殆尽。她会跟一半的病人说他们迟早会死。剩下的另一半，她给出的治疗建议，高难又令人气愤，凡是有点头脑的人都不会稍加考虑。

阿米莉娅小姐让头发随意疯长变成灰白。她的脸也变长了，从前身上健壮的肌肉开始萎缩，直到像一个发疯的老处女那样又瘦又老。那对灰色的眼睛——每天慢慢地，越来越斜眼了，仿佛它们相互搜寻，彼此交换着一种悲伤和寂寞。人们也不想听她说话，她的话语变得越来越尖刻。

如果有人提到罗锅，她就会说：“哼，如果让我抓到他，一定要把他的肠子挖出来喂猫！”恶毒的并不是这些词语，而是说出来的语调。她的声音已经没有了从前的活力与明亮。像她以前说到“我嫁过的那个修理工”，或者提到其他敌人时的那种美妙声音。如今，她的声音像教堂里的风琴，带着一种呜咽、沙哑和悲哀的哨音。

有三年时间，每天晚上，她独自沉默地坐在前院台阶上朝来路期盼地张望。但是，罗锅一直没有回来。有人说马文·梅西利用他爬窗户偷东西，也有人说马文·梅西把他卖给了一个杂耍班子。但是，这些谣言最终都回溯到莫利·莱恩那里，一个从来没真话的人。第四年的时候，阿米莉娅小姐雇了一个奇霍的木匠，把所有的房间都用木条封了起来。她从此在那些封闭的房间里待了下来。

是的，小镇了无生气。八月的午后，路上空空荡荡，笼罩在白色的尘埃中，头顶的天空亮得像玻璃。一切沉寂不动——听不到孩子的声音，只有棉纺厂的呜呜声。桃树一年年越长越歪，灰蒙蒙的叶子病恹恹地摇曳着。阿米莉娅小姐的房子倾斜得更厉害了，仿佛全部倒塌只是个时间问题。人们开始小心绕行此地。小镇里已经买不到好酒了，最近的酿酒厂也要到八英里之外。而且酒难喝无比，喝过会在肝上长花生大的瘤子，还会做噩梦。小镇里无事可做。你只能沿着蓄水池走一圈，站在那里踢一个烂树根，或者对着停在教堂旁边的一个旧车轮，琢磨着能干点什么。人们简直是无聊透顶。真不如去瀑布叉路听犯人唱歌。

瀑布叉路离小镇有三英里，犯人们在这里劳作。这是条碎石路，县里决定修补破损地段，拓宽危险路段。修路的一伙人是十二个犯人，穿着一色的黑白条相间的监狱服，戴着脚铐。有一个携枪的看守，站在刺眼而强烈的阳光下，他的眼睛眯成了两道红色的细缝。这伙人从早干到晚，天一亮就被囚车拉到工地，又在八月傍晚灰蒙蒙的微光里被拉走。一天到晚，伴随的只有镐头刨地的声音，毒辣的太阳，还有汗渍味。每天倒是都有人唱歌。通常是个黑人起头，只唱半句，仿佛在提问。过一会儿另一个声音加入进来，很快一伙人开始唱。刺眼的金色阳光里，他们的声音是如此低沉，歌声穿插复合，时而悲伤，时而快乐。歌声高扬飘荡，已经不像是只有十二个人在唱了，仿佛发自于地球本身，或者来自于辽阔的天空。这是一种令你身心膨胀，因为狂喜和惊恐而脊背发凉的声音。然后慢慢地，歌声缥缈零落，直到剩下最后一个孤独的音调，紧接的是嘶哑的叹息声，还有太阳下静寂里镐头刨地的声音。

这是一伙什么样的人，可以制作出如此的音乐？只不过是十二个活着的人，从县城来的七个黑人，五个白人。只不过是在一起的十二个活着的人。

神 童

她走进起居室，一只胳膊挎着装有乐谱的书包磕碰着她冬天穿厚袜子的腿，另一只胳膊抱着沉甸甸的课本。她站了一会儿，听着从音乐室里传出来的乐器声。一串轻松柔软的钢琴和弦夹杂着小提琴调弦的声音传过来。然后是彼尔德巴赫先生那浑厚粗壮的喉音朝她叫着：

“是你吗？小蜜蜂？”

“是的，我。”她一边回答，一边把棉手套使劲拽下来。她注意到她的手指似乎依然不自觉地重复着早晨练习过的赋格曲指法。

“应该说‘是我’，”彼尔德巴赫先生的声音纠正道，“请稍等一下。”

她听到拉夫克威斯基先生在说话——他讲话总像游丝，含混缥缈无法辨别，和彼尔德巴赫先生比，绝对更像女人的声音。她想。

她有些心神不定，无法集中精力，翻开几何课本又拿起一本法文版《贝利熊先生的旅程》，最后又全部放回到桌上。她在沙发上坐下，把音乐课本从书包里拿出来，这会儿她又看了看自己的手，指关节下伸的筋腱颤动着，酸痛的手指尖上包的胶布也开裂了。这又勾起她自练琴以来的几个月里心中的恐惧感。

她在心底默念了几句鼓励自己的话，这是非常好的课，非常好的课，就像她以前每次重复的那样。只是当她听到彼尔德巴赫先生坚实的脚步声穿过音乐教室地板时，立刻合上嘴唇。然后门咯吱一声打开了。

有一瞬间，她有一种特别的感觉，就好像她十五岁生命的大部分时间里，一直在看着这张脸和这双肩膀从这扇门后闪现，静寂无声，直到被小提琴的拨弦声打断。彼尔德巴赫先生是她的老师。他带一副牛角边眼镜，镜片后面是一双精明的眼睛。他的头发稀薄发亮，眼镜下面一张长脸，嘴唇丰满半闭。由于他老是咬着下唇，那里总是红嘟嘟，湿亮亮的。额头青筋暴露，一鼓一鼓地跳动，即使在房间的另一头也能清楚地看见。

“你来得有点早了吧？”彼尔德巴赫先生问道，他瞅了一眼壁炉架上的时钟，几个月来这时钟一直指着差五分十二点。“约瑟夫在这里，我们正在练习一个小奏鸣曲，一个他熟悉的作曲家。”彼尔德巴赫先生说道。

“好啊，”她试图笑着，“我正好可以听一听。”她仿佛看得到自己的手指正无力地沉入一片模糊的琴键中。她感觉十分疲倦，仿佛老师再多看她几眼，她的手就要颤抖了。

老师站在那里倒有些心神不定，走到屋子中间的地方，停下来，然后又用力咬了一下那亮晶晶湿漉漉的下唇，道：“饿了吗？有牛奶，还有安娜做的苹果蛋糕。”

“嗯，我等一等，上完课再吃，谢谢。”她说。

“等你上完一堂非常好的课，呃？”他笑着，笑容还没到嘴角却已经烟消云散。

他身后的音乐室里传出一阵响声，然后拉夫克威斯基先生推开门，站在了他的身旁。

“弗兰西丝，”他笑着对她说，“琴弹得有何进展啊？”

不知道为什么，拉夫克威斯基先生总让她感觉自己愚讷，就连身体都相形见绌。他自己这么小的个头，不拉小提琴时永远是一副疲惫像。一张扁平的犹太人脸上，眉毛显得太弯像两个永久的问号，眼皮却又耷拉着睡眼惺忪无所事事的表情。他今天看起来精神涣散。她望着拉夫克威斯基先生，好像搞不懂他为何进来。他那僵硬的手指头捏着镶嵌了珍珠尖的提琴弦，正用一块蓖麻油在白色的马鬃毛琴弦上慢慢来回擦拭着。现在他的眼睛眯成了明亮尖锐的两条缝。亚麻手绢从领口垂下来，衬着眼皮下黑晕圈更浓。

“我猜想你今天没少练琴。”拉夫克威斯基先生说，虽然上一个问题她还没有回答。

她去看自己的老师彼尔德巴赫先生。他已经转身走了，他的宽肩膀一下子把门顶开，音乐室里午后的阳光从窗户照进来，给灰扑扑的起居室投下一道淡黄的影子。她的老师身后，看得见一架长方形的钢琴，窗户，还有一尊勃拉姆斯的雕像。

“不，”她对拉夫克威斯基先生说，“我弹得一点也不好。”她的细手指轻轻地翻着音乐课本书页。“我也不知道怎么回事。”她说，她注意到彼尔德巴赫先生也在注意听着，他那肌肉弯曲的后背上仿佛都写着紧张。

拉夫克威斯基先生笑道，“是有这样的时候，我想，当一个人……”

突然从钢琴上传出一声刺耳的和弦，“你不觉得我们最好现在开始上课吗？”彼尔德巴赫先生问道。

“马上开始，”拉夫克威维斯基先生答道，又给琴弦擦拭了几下，才朝着门走去。她看到他把小提琴从钢琴上拿起来。他与她的视线相交，随即放低了小提琴，问道，“你看到黑马的那张照片了吧？”

她的手抓紧了书包一角，问道：“什么照片？”

“就是桌子上那本《音乐信使》里面的黑马照片。在第一页里。”

屋子里突然响起小提琴奏鸣曲弹奏，空洞刺耳不和谐的单调声。她拿起那本杂志，打了开来。

黑马果然在杂志的左上角。他的手指搭着小提琴弦正在做指法示范。深色的哔叽短裤在膝盖后头仔细地挽起来，穿着毛衣，领口上卷。照片很差，虽然拍的是侧脸，他的眼睛却是朝着摄影师的方向，手指更像是拨错了弦。朝着摄影机的方向似乎令他很难受，他显得更瘦，肚子也没像现在这样挺出来，但是，这六个月他好像变化也不大。

黑马·以色斯基，崭露头角的年轻小提琴手，此照片摄于他的音乐老师位于河畔大道的工作室。年轻有为的黑马·以色斯基，很快满十五岁了，受邀参加演奏贝多芬协奏曲，被邀请的还有……

今天早上，她从六点到八点一直练琴，然后她的父亲又让她坐下来和大家一起吃早餐。她不喜欢吃早餐，因为吃完后难受，她宁愿等一会儿，带上四个巧克力条，两毛午餐钱，到学校后再慢慢吃这些巧克力条。小心翼翼地咬着用手绢包着的巧克力条，包装银纸一响，就吓得赶紧停住。但是今天早上，爸爸放了一个煎蛋在她的盘子里，她如果事先知道煎蛋会裂开，稀蛋黄弄得到处都是，她肯定会哭出来。而事情就是那样发生了。现在她又有了那种类似的感觉。她小心翼翼地把杂志放回到桌子上，合上了眼睛。

音乐室传出来的音乐似乎带着不应有的激烈急迫感和笨拙。过了一会儿，她的思维终于从黑马身上，演奏会以及那张照片儿上转移下来，重又关注到音乐课上。她往沙发一角挪了挪以便看清音乐室里的情景。两位老师正在里面演练，时而瞅一眼琴架上的琴谱，忘我投入地演奏着。

她忘不了彼尔德巴赫先生一刻钟前看着她的那种表情。她的手搭在膝盖骨上，依然不自觉地按着赋格的旋律起动，仿佛还在演练。是的，她很累。还有一种环绕着不停下坠的感觉，就像如果哪个晚上她练习得太多，临睡前就会有的那种感觉。就像很多个似睡非睡的梦里，那种嗡嗡声把她拖进一个旋涡似的空间。

神童——一个神童——一个神童。这几个音节带着浓重的德国口音跳出来，在她的耳朵里旋转嗡鸣直至变成细语轻声。随着这些旋转，无数的面孔纷扰而来，臃肿变形，直到消失殆尽成为白色水珠挥发掉。彼尔德巴赫先生，彼尔德巴赫夫人，黑马，拉夫克维斯基先生，他们绕着德语喉音浓重的“神童”旋转，一圈又一圈。彼尔德巴赫先生在圈子中间变得越来越大，面色急迫，周围的人也随之旋转。

音乐像跷跷板一样发疯地此起彼落。她练习过的那些音符互相撞击着像握着满手的玻璃球一样掉落到楼下。巴赫，德彪西，谢尔盖·谢尔盖维奇·普罗科菲耶夫，布拉姆——一个个奇怪而好笑地排列着在她和嗡嗡转圈的人群之间。她的身体疲惫悸动，人声晕眩。

有时候，她练琴如果不超过三小时，或者不用去上学，就不会做那么累的梦。音乐在她的脑际清晰回荡，她会重新想起那些精致准确的细小记忆。就像那次她跟黑马一起参加音乐会，过后黑马给她的那张图片一样清晰。《纯真年代》女孩子气十足的一张图片。

神童，神童。那年她十二岁，第一次来跟彼尔德巴赫先生学钢琴，他就是那样称呼她的。连带着跟他一起学琴的那些学生也都这样叫她。

倒不是说他每次直接这样叫她神童。他称她“小蜜蜂”（她的名字弗兰西丝是个很普通的美国名，但是他从来不这么叫她，除非她弹得大错特错的时候）。“小蜜蜂，”他会说，“我知道那样一定很难受。总是抬不起头又重又沉。可怜的小蜜蜂。”

彼尔德巴赫先生的爸爸是个荷兰小提琴家。他妈妈是布拉格人，他自己则出生在这个国家，小时候在德国长大。所以很多时候，她希望自己不是在辛辛那提出生成长。起司奶酪德语怎么说？彼尔德巴赫先生，我听不懂你，如果用荷兰语怎么说？

她还记得第一次来上课，凭记忆演奏了匈牙利第二号狂想曲整个乐章。房间笼罩在灰色的晨曦中。还有他凑到钢琴上的脸。

“现在我们重新开始弹，”他第一天上课时就这样说，“这个——嗯，演奏音乐——不光是凭小聪明。如果一个十二岁的小孩弹琴，手指能在瞬间弹那么多琴键——什么也说明不了。”

他用胖手敲打着自己的宽阔的胸膛和前额，说：“是在这里，和这里。你这年龄应该明白了。”他点燃一支烟，然后慢慢吐出一口，烟圈在她的头顶飘散开来。“还有就是练习——练习——练习。我们现在开始练习这些巴赫的创意曲还有舒曼的小曲目。”他的手又开始挥舞着——把她身后的台灯电线勾了起来。他指着乐谱说，“让我来告诉你，我希望这个曲子是如何练习的，现在仔细听着。”

她已经在钢琴上练了差不多三个小时了，筋疲力尽。他深沉的声音听起来就像是在他心底积蓄很久发出的。他用肌肉伸张的手指着音乐课本上的每一个乐句，她想伸手去触摸一下他的手，感触一下他手指上闪光的金戒指和他那汗毛粗重的手背。

她每周二下午放学后，还有周六的下午来上音乐课。通常星期六的课上完后她会留下来吃晚餐，然后住一个晚上，第二天早晨再坐公交车回家。彼尔德巴赫夫人喜欢她的沉静，还有几乎带点傻气的样子。她跟丈夫可不一样。彼尔德巴赫夫人很安静，微胖，动作也慢。有时候她如果不在厨房做饭，做那种他们两个都喜欢吃的油腻的饭菜，那么她大部分时间就似乎都在楼上卧房里度过，看杂志或者面带着微笑无所事事。他们在德国结婚前，她是一个歌唱家，现在不唱了（她说是喉咙的原因）。当他到厨房里喊她过来听学生演奏的时候，她总是面带微笑地用德语说：“真好，非常好。”

所以弗兰西丝十三岁的时候，有一天她突然意识到彼尔德巴赫夫妇没有小孩。这看起来很奇怪。有一次她和彼尔德巴赫夫人一起到厨房，彼尔德巴赫先生正气哼哼地从音乐室走出来，刚跟某个不听话的学生怄了气。他的太太站在那里搅动着汤锅，他伸出手臂搭在她的肩膀上。她转身平静地站着。他用手臂搂住她，把脸埋在她那自然白皙的脖颈上。他们就用那种姿势站着一动不动。然后他的脸突然往后一扬，抬起头时刚才的愤怒已经消失殆尽，变成一种安静的坦然，然后他转身回到音乐室。

自从她开始跟彼尔德巴赫先生学琴以来，几乎没时间跟高中的同学来往了。黑马是她唯一的同龄朋友。黑马是列夫科维斯基先生的学生。每逢她周六过夜的那天晚上，黑马和他的老师会一起来彼尔德巴赫先生这里。她跟黑马一起听他们的老师弹琴，而且她跟黑马两人也会一起练习些室内音乐——莫扎特奏鸣曲或者布洛赫。

神童，真是一个神童。

黑马是一个天才，还有那时候的她。

黑马从四岁起开始学小提琴。他可以不用去上学。拉夫克维斯基先生有个跛腿兄弟，每天下午给黑马做家教，教他几何学和欧洲历史还有法语单词。黑马十三岁的时候，每个人都说，他的高超技能在辛辛那提可以和任何一个小提琴手媲美。拉小提琴一定比弹钢琴容易吧，她想，一定是这样的。

黑马身上总是发散出一种味道，灯芯绒裤子，他吃的东西以及松香的混合味道。他的手指节部位大半时间也是脏兮兮的，衬衫袖口从毛线衣里破旧褴褛地露出来。每当他练琴的时候，她就会盯着他的手看——骨节之间很瘦，剪得很短的指甲下面布满细小的肉粒，还有他那拉弓的手腕上婴儿肥一样的褶子。

那次音乐会，无论是梦中还是清醒时，她能记起来的都是一片模糊。直到几个月以后她才知道，她那次表演得并不是很成功。是的，报纸对黑马的赞美比她的多。但是黑马比她矮很多。他们一起站在舞台上的时候，他只到她的肩膀，这在别人看来是个很大的区别，她知道。当然也跟他们一起弹奏的奏鸣曲有关。那首布洛克曲子。

“不，不，布洛克放在最后，我觉得不合适。”当有人建议布洛克放在曲目的最后时，彼尔德巴赫先生就已经这样表明过了。“还有这个约翰·鲍威尔，这个弗吉尼亚之类的奏鸣曲。”

她那个时候还不明白。她跟拉夫克维斯基先生以及黑马一样，都想最后演奏布洛克。

彼尔德巴赫先生最后只好同意了。后来，评论界认为她缺少对于这种音乐所需要的气质，说她的演奏浅显缺乏情感。

她简直觉得自己被骗了。

彼尔德巴赫先生扬着手里的报纸哗啦啦响着，说："那种什么什么的东西，不合适你，还是留给黑马跟他的那些什么之流吧。"

神童。无论报纸怎样评论，彼尔德巴赫先生总是这样称呼她。

那么音乐会上，为什么是黑马弹得比她好呢？有时候在学校，当她看着别人在黑板上解几何题的时候，这个问题就会像刀绞一样在她内心抽动。她会躺在床上担心，甚至在当她应该全心注意力集中弹琴的时候。不仅仅是最后弹奏布洛克，以及她不是犹太人的问题——至少不完全是。也不是黑马不用去上学或者是他开始学琴早的问题。那又是什么呢？

只有她以为她知道。

一年前的一个晚上，彼尔德巴赫先生跟拉夫克维斯基先生一起练完一些曲子之后，彼尔德巴赫先生对她说："弹一支幻想曲和赋格吧。"

她弹了一首巴赫，自己感觉弹得还不错。她从眼角的余晖里可以看到彼尔德巴赫先生脸上的满意表情。看他的手随着高潮起伏，从椅子后背抬起来，又慢慢地放下来，高调的最后完美结束时，他的手满意地放下来。她弹完从钢琴旁站起来，使劲咽着口水试图放松那种紧张弹奏带给她胸口和喉咙的紧箍感。

但是，列夫科维斯基先生却突然说："弗兰西丝，你知道巴赫有多少个小孩吗？"他看着她，抿着薄嘴唇，细致的眼睑几乎把眼睛全部盖住。

她转头望向他，有些迷惑地道："很多，二十多个吧。"

"那好啦，"他嘴角的笑意在苍白的脸上慢慢凝固，"那他就不应该弹奏得那么冷淡。"

彼尔德巴赫先生不高兴了。他的洪钟般深厚的德语里即使依旧保持着善意。拉夫克维斯基先生扬起了眉毛。她已经轻易地注意到这些情形，但是不觉得有必要摆一副满脸无辜故作天真的表情，虽然那是彼尔德巴赫先生所期待她的样子。

但是这些都不重要。至少不是至关重要的，因为她总有一天会长大成熟。彼尔德巴赫先生明白这点，即使列夫科维斯基刚才没有说那样的话。

在梦里，彼尔德巴赫先生的脸清晰呈现，在旋转的圈子的中心，他的嘴唇总在温柔地敦促，太阳穴的青筋暴露无遗。

但是有时候在她入睡前，记忆会如此清晰回放。她脱袜子时使劲往下拽试图把袜子上的洞藏到鞋子里。"小蜜蜂，小蜜蜂，"彼尔德巴赫夫人会叫住她，把针线包拿出来示范给她看如何补上，而不至于纠结成一堆。

然后到了她高小毕业。

周日早餐桌上，她给他们两人描述着在学校礼堂彩排毕业典礼的情景，彼尔德巴赫夫人问道："你准备穿什么？"

"穿我表姐去年穿过的一件晚礼服。"

"哦，小蜜蜂！"彼尔德巴赫先生说，手摩挲着热咖啡杯子，眼角堆满了笑纹地看着她，"我敢打赌，我知道小蜜蜂想要的是——"

她于是解释说真的无所谓，他不相信，坚持己见。他把餐巾推到餐桌的一头，站起身，扭着身子到屋子的另一头，一边扭着屁股，牛角边眼镜后面一边挤眉弄眼，道："就是这种裙子，安娜。"

接下来的星期六，上完课后，他带着她去市中心的百货公司。售货员展示着一匹匹布料，他的粗手指在薄纱蕾丝和哆哆嗦嗦的塔夫绸之间摩挲着。他比照着她的脸孔，左右端详，最后选定了粉色。他还记得给她配鞋子。他最喜欢的是一款白色的童鞋。她却觉得像老太太穿的，脚背上的红十字会标签又像是捐献的。但是，确实真的没关系。等到彼尔德巴赫太太剪裁好布料，别针固定好，给她定身衡量尺寸的时候，彼尔德巴赫先生还特别停下正在上的钢琴课，走过来建议说，在领口后臀部位加上一些荷叶边，肩头加上一朵花俏的玫瑰结。那时候她的弹奏很顺。裙子，毕业典礼之类的事情也产生不了多大影响。

除了必须按部就班地练习弹奏，其他都不是问题，弹琴，弹琴，把她原有的东西挖掘出来，一直练，一直练，直到彼尔德巴赫先生的脸上那种急迫的敦促感削减一些。弹奏得像英国钢琴家赫斯夫人那样，像美国犹太小提琴家梅纽因那样，甚至像黑马！

四个月之前在她身上发生了什么？她弹奏的每个音符都像带着轻浮或死气沉沉的音调。是青春期在作怪，她想。有些孩子前途光明，以为只要练习，不断地练习，直到有一天，像她一样因为一点小事就可以痛哭流涕，或自信满满，试图展示内心的那种东西。表达出那种渴望的感受，而这时奇怪的事情反倒发生。但不应该是她！她跟他们不一样，她跟黑马是一类人。她一定是的。

曾经存在过，她肯定是有天赋的。天赋这种东西不是随便就会消失。神童……一个神童……他这样叫过她的，带着他的那浓重的德国口音。在梦里更是比任何时候都清晰肯定。他的脸在她面前放大，音乐里每个充满渴望的乐句与嗡嗡声相互交错着、环绕、旋转着，围绕着一个词语旋转——神童，神童。

这天下午，彼尔德巴赫先生没有像往常那样把拉夫克威斯基先生送到门口。他留在钢琴旁边，轻轻地按下去一个音符。弗兰西丝听着，一边盯着作为小提琴手的拉夫克威斯基先生把围巾缠绕在苍白的脖颈上。

“这真是黑马很好的一张照片，”她说着，继续弹奏着。“几个月前我收到他一封信——说他去听史纳伯和胡伯曼，还提到卡内基音乐厅，以及在俄国茶点屋子里的小吃。”

为了拖延进到音乐室里，她一直等到拉夫克威斯基先生要离开的时候，才站到他身后，等他把门打开。外面冷冽的空气一下子涌入室内。天色已经近晚，空气里充塞着冬日黄昏的浅黄色。门关上后，她感觉到房间里充盈着一种前所未有的黯淡沉寂。

等她走进音乐室，彼尔德巴赫先生从钢琴旁站起来，静静地看着她坐到钢琴前。

“好吧，小蜜蜂，”他说，“今天下午我们重新开始。从第一步开始做，前边几个月的都忘记掉。”他强而有力的身体从脚尖到脚后跟摇晃着，搓着双手，甚至像演电影一样地微笑着。然后突然他把这一切全部扔到一边。他的宽肩膀无精打采地耷拉下来，开始翻她带来的那些音乐课本。“巴赫——不行，还不能弹，”他嘀咕着，“贝多芬？嗯，可以。钢琴奏鸣曲，作品 26 号。”

琴键似乎要将她吞噬掉——白色，生硬，死寂一般的琴键。

“等一下，”他说。他站在琴身弧度处，撑着胳膊肘看着她，说：“今天我希望你能弹得不一样。像这首奏鸣曲——是你第一次弹贝多芬奏鸣曲。技术上说，每一个音符都清楚——你除了音乐不要有其他顾虑。现在只有音乐，你只要想这一点就够了。”

他翻看着她的音乐书直到找到那一首曲子。然后把椅子拽到屋子中间，掉转过来，两腿跨着坐上去。

不知什么原因以前总觉得他这样的坐姿会令她弹得更好。但是今天她眼角的余光里看到他时，却觉得备受干扰。他的后背僵硬地前斜着，腿紧绷着，面前椅子背上的一大堆乐谱仿佛随时有倾倒的危险。他断然地朝她望了一眼，说，“现在我们开始。”

她的手在琴键上做好拱起的弹奏姿势，手指向下用力。弹出来的声音太响了，接下来的乐句又干巴巴毫无感情。

他克制着，手指从乐谱上挪下来，说：“等一下，先好好想想你在弹的曲子。这个开头标记的是什么？”

“如歌的行板。”

“对了。那就别把它拖成慢板。琴键下去要有力度。不要那样轻描淡写地一网打尽所有琴键。而是一种优雅，深厚的如歌行板。”

她又重新弹了一遍，双手跟心里的音乐却仿佛隔着千山万水。

“注意听，”他打断道，“这个曲子的主旋律是什么？”

“挽歌行。”她答。

“那好了，准备那样弹。这是如歌的行板——但不是你刚才弹的那种沙龙式。开始要轻，像标志的那样轻柔，然后逐渐增强到急速和弦。要热情奔放而又戏剧性。而在这下面——标志着非常轻柔的地方，要让这个复调旋律跳出来。这些你都知道的，这一页我们以前都讲过。现在弹吧。像贝多芬谱写这首曲子时的那样，感受那种悲哀和束缚感。”

她忍不住盯着他的手。这双手看上去试图停留在乐谱上，只要她一开始弹奏，却又随时会飞转成停止信号。飞光琉璃的戒指对她来说，简直就像一个巨大的停顿号。“彼尔德巴赫先生——也许如果我——如果您能让我先弹完第一变奏曲再打断的话，我也许会弹得更好。”

“我不会打断你。”他说。

她苍白的面孔几乎贴近了琴键。她弹完了第一部分，从他那里得到一个允诺的点头，开始弹奏第二部分。没有出错到一定让她停顿的地步，但是还没来得及把自己的感受糅入到曲子里，乐句已经从她的指间滑出。

等她演奏完，彼尔德巴赫先生从乐谱上抬起头，直截了当地说："我简直不能相信你右手和弦的那些添加。顺便说一句，这一部分应该呈现强烈感，发展出一种伏笔进而与第一部分相呼应。接着继续弹吧。"

她想如他指导的那样，以克制着的怨愤的气氛开始，然后渐进到深层汹涌的悲哀情景。她的大脑告诉自己要这样弹，但是手指却像提不起的面条在琴键上粘着，她无法按照音乐原有的进程去遐想。

最后一个音符余音散去的瞬间，彼尔德巴赫把音乐课本合上，执意地站起身。他的下巴左右努着——张开的嘴巴里看得到粉红的喉咙和烟熏火燎的黄牙齿。他把贝多芬的曲子和她的其他乐谱都放好，又把胳膊肘压在平滑的黑色钢琴上面。"不行，"他看着她只简单说了这一个词。

她的嘴唇开始颤抖，"我没办法，我——"

突然他从唇边挤出微笑道："听着，小蜜蜂，"他用一种清新有力的声音说，"你还在练习《快乐的铁匠》吧？我跟你说过弹练时不要少了这首曲子。"

“是的，”她答，“我有时候练习一下。”

他用一种对孩子说话的语气道：“那是我们开始做的第一件事——记得吗。你以前弹奏得那么有力——像一个真正铁匠的女儿。你看，小蜜蜂，我太了解你了，简直像了解我自己的女儿。我知道你的才华——我听你弹奏过无数美妙的曲子。你从前……”

他困扰地停下来，深吸了一口他那抿得稀烂的烟蒂。烟雾从他粉红色的嘴唇缭绕开来，在他孩子气的前额和细软的头发上聚集成灰色的雾。

“快乐而简单地弹奏，”他说把她身后的台灯拧亮，又从钢琴边走开。

有一瞬间他正好站在灯光的亮影里。然后他突然冲动地蹲下来，说，“一定要用力。”

她忍不住看着他，看他支撑着一只脚，另一只脚伸到前面平衡着身体。大腿的肌肉把裤子绷得紧紧的，后背笔直，胳膊肘有力地撑在膝盖上。“现在开始，”他用手势重复着。“想象铁匠在太阳底下从早到晚，责无旁贷地锻造打制。”

她无法直视琴键。灯光照亮了他伸展的手臂上的汗毛，照着他的眼镜片反光。

“现在，全部重来一遍，”他说。

她感觉自己骨髓被抽空，血液从她的体内流尽。怦然跳了一个下午的心脏忽然之间好像停止了。她看到那颗心变灰而且软软的，心的边缘都抽缩了，仿佛一只颤抖的牡蛎。

他的脸似乎在她的面前悸动着，随着额头两侧血管的跳动那张脸离她越来越近。她要退缩，只好低头看着钢琴。她的嘴唇像果冻那样颤动着，一股无声的泪水模糊了视线，黑白相间的琴键模糊成一片。“我做不到，”她悄声道，“我也不知道为什么，就是再也做不到了。”

他绷紧的身体松弛下来，用手扶着腰慢慢站了起来。她抱起自己的音乐课本，从他身边仓皇而逃。

她的大衣，棉手套还有雨鞋，课本和她生日那天他送给她的书包。把所有的从前属于她的东西，都从这个安静的房间里带走。她要快速地离开，在他还没来得及说话之前。

通过门厅时，她忍不住看到他的手——伸展着，扶着音乐室的门框，松弛而无所事事。门重重地关上了。她抱着课本拖着书包踉跄地从石阶上走下来，却走反了方向。街上充塞着吵闹、繁杂、自行车和玩游戏的孩子们。

骑　师

骑师走进餐厅的过道间，停下来，后背靠墙站住。屋子里人很多，因为这是赛马季节的第三天，小城所有的旅馆全部满员。餐厅里，白色的餐桌布上散落着八月当季的玫瑰花瓣儿装饰。从附近的酒吧传来暖烘烘醉醺醺的喧嚣声。骑师靠着墙等待着，眯缝着一双眼睛扫射着餐厅，眼神憔悴。直到他看见斜对面角落里桌子旁的三个男人。骑师看着他们，下巴扬起，头歪着，矮小的身体绷直，手也僵硬起来。手指弯着仿佛两只灰色的爪子。他就那样紧张地靠着墙壁伫立，且看且等待。

那天晚上，骑师穿着一身绿色的中国丝绸服装。剪裁合体的童装尺寸。黄色上衣配柔和色彩条纹领结。他没戴帽子，头发梳得整整齐齐还上了发胶，前额一圈湿湿的刘海儿。他的面孔干瘪发灰，看不出年龄，额头两端太阳穴凹陷，嘴角弯出一丝苦笑。过了一会儿，他意识到坐着的三个男人中也有人注意到了他。但是他并没有点头示意，只是把下巴扬得更高，拇指在大衣口袋里攥得更紧。

拐角桌子上的这三个男人里，一个是驯马师，一个是赛马赌注经纪人，一个是富翁。驯马师叫希尔维斯特，大块头，酒糟鼻子，一双呆滞的蓝眼睛。经纪人叫塞蒙斯。富翁有匹马叫塞尔兹，骑师那天下午刚刚骑过。这三个人喝着威士忌加苏打，白衣侍者正往上端着丰盛的晚餐。

希尔维斯特先看到了骑师，迅速地挪开眼神，放下手中的威士忌酒杯，紧张地用手捏着红鼻头说："是比奇·巴娄，他在屋子那边看我们呢。"

"哦，那个骑师。"富翁道。他面墙而坐，于是扭过脑袋往后边瞧着，说："叫他过来吧。"

"天哪，可别叫他。"希尔维斯特说。

"他是个疯子。"经纪人赛蒙斯道，语气平淡。塞蒙斯生就一张赌徒的脸，现在更像一副僵尸面孔，永远在恐惧和贪婪之间挣扎。

"好吧，"希尔维斯特说，"我倒不觉得他发疯，我认识他很久了，直到六个月前他都还可以。但是如果他继续像现在这种状态，说真的，我看他一年也坚持不下来。”

塞蒙斯同意：“都是因为在迈阿密出的那件事情。”

“出了什么事？”富翁问道。

希尔维斯特的红舌头舔了一下嘴角，望着屋子尽头的骑师，说：“出了一个事故，就是有个骑师从马背上摔了下来，伤了腿和屁股。他是比奇的朋友，爱尔兰人，也是一个不错的骑师。”

“真是太不幸了。”富翁道。

“是啊，他们很要好，最好的伙伴，”希尔维斯特答，“总看到这小子到比奇的旅馆房间，一起玩扑克牌，趴地上一起读运动杂志。”

“是啊，有时候不幸的事情防不胜防。”富翁说。

塞蒙斯切着面前的牛排，把叉子搭到盘子边，小心地用刀背把蘑菇堆成一小堆，重复道：“他是疯子，他让我起鸡皮疙瘩。”

餐厅里坐无空席，中间的宴会桌上有人正在开爬梯，白绿色的飞蛾被烛光吸引着，从黑黢黢的夜色里飞了进来。两个女孩穿着法兰绒外套，手挽手穿过房间走到吧台旁边。大街上传来节日庆祝的歇斯底里的叫喊声。

“据说萨拉托加每到八月就变成世界上最富有的城市，”希尔维斯特转向富翁问道，“你怎么看？”

“不知道。”富人说，“很可能是啊。”

塞蒙斯用手指尖仔细地擦了擦油腻的嘴巴，说：“那好莱坞呢？还有华尔街……”

“等一下，”希尔维斯特插进来道，“那个骑师好像朝这边来了。”

骑师已经离开墙壁，朝着桌子走过来。他趾高气扬地迈着正步，在红地毯上大踏步向前。不小心胳膊肘碰到了宴会桌旁的胖女人。她穿着一身白色沙丁衣裙。骑师后退一步，谦卑鞠躬夸张地表示歉意，还闭上了眼睛。当他终于穿过餐厅走到近处时，拽过来一张椅子，在希尔维斯特和富翁之间坐了下来。并没有点头打招呼，灰白脸上面无表情。

“吃过饭了吗？”希尔维斯特问道。

“在某些人眼里肯定算是吃过了的。”骑师冷冷地回答。

希尔维斯特小心地把刀叉放在盘子上，富翁挪换了一下坐姿侧过身，跷起了二郎腿。他穿着一条斜纹马裤，没打光的靴子，一件棕色破旧的夹克。这是他的赛季服装，虽然没人看过他骑马。塞蒙斯还在吃晚餐。

“要喝点苏打水吗？”希尔维斯特问道，“或者别的什么饮料？”

骑师没有回答，他从口袋里拿出一个金色的烟盒，啪的一声打开，里面装了几支烟卷，还有一把金色小刀，他用小刀将烟卷切成两半，然后点燃了烟卷，另一只手朝着正经过的侍者招呼道：“请来一杯肯塔基波本威士忌。”

“跟你说，小子。”希尔维斯特说道。

“别跟我开玩笑啦。”

“理智一些，你知道你要为你的行为负责的。”

骑师扬起嘴角僵硬地笑着，瞥一眼面前的食物，随即又抬起眼神。富翁面前摆着奶酪和香菜烘焙的鱼肉包。希尔维斯特点了火腿蛋松饼、配芦笋、新鲜的黄油玉米，还有一碟泡橄榄。骑师面前正好有一盘炸薯条。他把眼睛从面前的食物移开，眯缝着望向桌子中间的一大束怒放的紫罗兰玫瑰，说道：“我想你可能不记得有个叫马奎尔的人了。”

“跟你说。”希尔维斯特道。

侍者端着威士忌走了过来，骑师坐在那里把玩着酒瓶子，一双长满老茧的手小而有力，腕上的金手链磕着桌角叮当响。他转动着酒杯，然后猛然间干净利落地两大口喝干了整杯威士忌。他把杯子重重地放下来，说，“我想你们的记忆不会这么持久辽阔。”

“好吧，比奇，”希尔维斯特说，“你为什么要这样？今天又有那个朋友的消息了？”

“我是收到了一封信。”骑师答道，“我们正谈论的这个人已经从周三的比赛中被淘汰了。一条腿比另一条腿短了两英寸，就是这样。”

“我知道你的感觉。”希尔维斯特咂着舌头，摇晃了下脑袋。

“真的吗？”骑师问道，瞅着面前的食物，目光从鱼肉包移到了玉米上，最后定在了那盘炸土豆上。他的面孔绷紧，迅速地抬头看一眼四周。然后从桌子上拾起一朵玫瑰花瓣，在拇指和食指之间揉搓着，放进了嘴里。

“嗯，有时候这种事情会发生的。”富翁说。

驯马师和经纪人已经吃完了，盘子里还剩下很多，富翁把沾满黄油的手指在水杯里蘸了一下，又在餐巾上擦干净。

“好吧，”骑师说，“这食物还有人要吃吗？还是谁可以重新给我点一份？再来一份牛排吧，先生们，或者……”

“请便，”希尔维斯特说，“理智些，你为什么不上楼去？”

“是啊，我为什么不上楼？”骑师叫道。

他的声音越来越高，几乎变成了一种歇斯底里的尖叫声。

“我为什么不去他妈的我那屋子里呢！来回走走，写写信，然后再像一个听话的孩子那样去睡觉。我为什么不能，”他站起身，拉开椅子说，“你们这些恶人，去你们的，拿酒来！”

“我能说的就是你这是送死，”希尔维斯特说，“你知道吗？你知道喝酒应该有什么后果，你应该很清楚的！”

骑师穿过房间，走到酒吧，要了一杯曼哈顿鸡尾酒。希尔维斯特看着他站在那里，脚跟紧并，身体像士兵那样僵直，跷着兰花指端着鸡尾酒杯慢慢地饮着。

“他疯了，”塞蒙斯说，“早跟你说过。”

希尔维斯特扭头对富翁说：“如果给他吃羊排，一个小时后还能看到羊排在他肚子里的原形。”

“他已经不能靠干蒸出汗消耗食物了。他现在已经一百一十二磅半了，从我们离开迈阿密，他已经长了三磅。”

“骑师不能喝酒。”富翁说。

“食物也不能像从前那样令他满足了，他无法靠干蒸出汗消耗掉，他如果吃块羊排，你可以看到他的胃部凸出，根本消耗不下去。”

骑师喝完了那杯曼哈顿鸡尾酒，咽了一口吐沫，用手指把酒杯底下的樱桃捏碎，然后推开了酒杯。穿着夹克衫的两个女孩子站在他的左边，她们面对面。酒吧的另一边，两个闲极无聊的人正在为世界上最高的山峰是哪个而争吵。餐厅里没人独自喝酒，每个人都有一个伙伴。骑师掏出一张崭新的五十美元钞票付了账，零钱看也不看地收起来。

他回到餐厅，来到三个人坐的桌子旁，并不坐下，只是站在那里，说道："我想你们的记性不会那么深远的。不会的，你们太忙着往肚子里塞食物，你们……"他的个头太小，站在桌子边上，桌面也只到他的腰带，不用哈腰就够着了桌子。

"说真的，"希尔维斯特几乎请求着道，"你要理智行事。"

"理智，理智！"骑师的灰色脸孔颤抖着，嘴边凝结着诡异的冷笑。他摇晃着桌子，碗盘一阵摇动作响，有一瞬间他仿佛要把桌子掀翻。但是突然停下，手够着最近的盘子，把剩下的几根炸薯条放进嘴里。他慢慢地咀嚼着，嘴唇翘起来，然后转身把满口的食物吐到平展的红地毯上。"你们这些瘪三，"他说，声音微弱断续，他念叨着这个词语仿佛活色生香的物体令他兴奋满足。"你们这些瘪三。"他又说了一遍，转身大摇大摆地走出餐厅。

希尔维斯特耸着他那大块头的肩膀。富豪揩干净溢到桌布上的水。个人无语，直到侍者过来清理掉所有的东西。

席琳斯基夫人和芬兰国王

莱德学院音乐系能聘到席琳斯基夫人，全是系主任布鲁克先生的功劳。音乐系更是以此为荣，因为无论作为一位作曲家还是教师，席琳夫人都名声远扬。布鲁克先生亲自为席琳夫人找到一个带花园的房子，离校园很近，就在他的公寓旁边。

西桥城没有人认识席琳斯基夫人。布鲁克先生也只是在音乐杂志上见过她的照片，还曾经就布克斯特胡德手稿真伪问题跟她通过一封信。后来当一切就绪，她确定来西桥城教书后，他就具体事务与她又通过几封信件和电报。席琳夫人的字迹清晰工整，唯一特别的是布鲁克先生弄不明白她信里提到一些无厘头的指代，比如说“里斯本那只黄色的猫”或者“可怜的海纳奇”之类。布鲁克先生认为这些不着边际的话与她搬离欧洲时所遇到的种种混乱有关。

布鲁克先生温和低调，常年教授莫扎特小步舞曲，以及减七度小和弦之类的讲解，早已让他练就出一种关注细微与职业性的耐心。他不太喜欢跟别人谈论，大部分事情他都自己处理好。他极其厌恶学术委员会之类的钩心斗角。多年前，音乐系决定全系人马一起到萨尔茨堡度假，布鲁克先生却在最后一刻离开，独自跑到了秘鲁。他自己行为古怪，也就能容忍别人的怪癖。事实上，他鼓励特立独行。每当碰到极端另类的情形时，他心里忍不住好笑，但表面上却要故意板起脸，收起温柔的笑容，瞪圆一双灰眼睛。

秋季开学前的一星期，在西桥火车站，布鲁克先生去接席琳斯基夫人。他一眼就认出了她。她个子很高，身板笔直，苍白憔悴脸上眼睛深陷，一头深色乱糟糟的头发从前额向后梳着。她的一双大而精致的手，看起来有些脏兮兮的。她周身透出一种高贵和捉摸不定的东西，让布鲁克先生不由自主地往后退缩，不停地摆弄着袖口链扣。她穿了一件黑色长裙子配一件破旧的皮夹克。尽管衣着寒酸，却难掩她身上朦胧的优雅气质。和席琳斯基夫人一起的还有三个孩子，年龄在六到十岁之间的男孩子。全都是金发大眼睛，长得非常漂亮。

随行的还有一个老妇人，后来知道是芬兰来的用人。

布鲁克先生在车站见到的就是这样一行人。他们唯一携带的行李是两大箱手稿，其他的细软物品全部在斯普林菲尔德车站换车时忘在了那里。类似情形有时候难以避免。当布鲁克先生和这一大家人坐进出租车时，正暗忖着最难挨的时刻终于过去了，席琳斯基夫人却突然匍匐着要翻越过他的膝盖逃离出租车。

“天哪！”她叫道，“我忘了那个东西，叫什么，我的那个嘀嗒，嘀嗒，嘀嗒……”

“手表？”布鲁克先生问道。

“不是，”她急了，“就是那种，嘀嗒，嘀嗒，嘀嗒响的，”她挥舞着食指钟摆一样左右摇晃着。

“嘀嗒，嘀嗒，”布鲁克先生说着，手托着前额闭上了眼睛，“你是指节拍器吗？”

“是的，是的！我一定是换火车的时候丢在那里了。”

布鲁克先生试图让她平静下来，甚至一冲动就豪气十足地说改天给她买一个。但是心底下又不得不承认，全部行李都丢了也不管的她，却为一个节拍器惊慌失措，的确太奇怪了。

席琳斯基夫人搬进了隔壁的房子，表面看起来一切都还好。男孩们很安静，他们叫西格蒙德、鲍里斯和萨米，三人总在一起玩儿。列队行走，西格蒙德通常走在前面。他们说一种自创世界语，听着令人痛不欲生——混合着俄语、法语、芬兰语、德语以及英语。所以一有旁人出现，孩子们立刻奇怪地一声不响了。布鲁克先生感觉不对劲，不是因为席琳斯基夫人做了哪件事或者说了哪句话。而是因为一些细枝末节，比如说她的这些小孩们。只要他们在房间里，布鲁克先生就觉得浑身不自在。终于有一天他意识到令他不舒服的是这些小男孩从来不在地毯上走路。他们总是一个接一个地绕开地毯，挑光溜溜的地板走。如果房间地板上有地毯，他们就站在门口不进来了。另一件事情就是好几个星期过去了，席琳斯基夫人看起来一点也不像要安顿下来的样子，除了一张桌子和几张床，屋子里什么也没有。她的房门一天到晚敞开着，整幢房屋顿时被弄成一个仿佛常年失修无人居住的地方。

学院对席琳斯基夫人的工作却十分满意。她教学颇有铁手腕，如果哪个学生没有把她布置的作业当真——斯卡拉提颤音练得不够干净利落，她会大发雷霆让他下不来台。系里的四架钢琴都由她掌控，四个学生给她指使着手足无措地合奏巴赫赋格。她上课的教学楼那边总是传来格外的震动声响，但是席琳斯基夫人却一点不在意，因为如果单纯的意志和努力能压过音乐感觉的话，那么莱德学院真可以算是天下第一的学校了。每天晚上，她自己也作曲——第十二交响曲。好像她从来不睡觉，不论有多晚，布鲁克先生如果凑巧从客厅的窗口望过去，她房间的灯总是亮着，所以布鲁克先生心生疑团绝不是因为她的工作。

那是十月末的一天，布鲁克先生第一次觉察到不对劲。那天他跟席琳斯基夫人一起吃午餐，相谈愉悦。她讲起一九二八年去非洲撒哈拉沙漠的经历。后来下午时，她经过他的办公室，还在门口驻足停留了一会儿，只是看起来有些恍惚。

布鲁克先生于是抬起头问道："你需要什么吗？"

"不需要，谢谢。"席琳斯基夫人说。然后以一种低沉清晰优美的语调说："嗯，我在想你还记不记得那个节拍器了，你觉得会不会是我把它忘在法国人那里了？"

"谁？"布鲁克先生诧异道。

"哦，是我嫁过的一个法国人。"她说。

"法国人，"布鲁克先生轻柔地重复道，试着想象席琳斯基夫人的丈夫，但是大脑拒绝配合。他像是自说自话道："是孩子们的父亲？"

“不是，”席琳斯基夫人一语否定，“是萨米的父亲。”

布鲁克先生预知感强烈，本能告诉他不要再说什么了。但是朴实和善良又促使他接着问道：“那其他两个孩子的父亲呢？”

席琳斯基夫人双手放到脑后，胡乱摆弄着一头短发，一脸如梦似幻，有一会儿她说不出什么，然后静静地说：“鲍里斯的爸爸是一个波兰短笛手。”

“西格蒙德呢？”布鲁克先生问道，他看着那桌子上一摞要修改的作业，三支削好的铅笔还有一个象牙镇纸，再抬头看一眼席琳斯基夫人。她正在陷入一脸沉思，然后朝着房间的四处看了看，低下眼眉，下巴左右挪着，终于开口道：“我们在讲西格蒙德的爸爸吗？”

“哦，没有，”布鲁克先生道，“现在没有必要讲。”

席琳斯基夫人却用一种庄重德语说：“他跟我是一个国家的。”

布鲁克先生才不在乎谁是谁的父亲，他没有偏见，如果你结婚十七次，生个中国孩子也对他无所谓。他突然明白了她的这些小孩们为什么看起来都长得不一样，但是又好像很像，原来他们的父亲是不一样的。布鲁克先生想到他们长得那么像简直令人惊奇。

但是席琳斯基夫人却已经讲完了这个话题，她把皮夹克拉链拉上，转过身去。

“我肯定是忘在那里了，”她迅速地点了一下头，“是在那个法国人那里。”

音乐系里一切还算运行顺利，布鲁克先生也没有什么特别棘手的事情要处理，比如说像去年，竖琴老师和一个修车库的机械工私奔了之类。现在只有一件令人劳烦的事情，就是弄不懂他跟席琳斯基夫人之间的关系究竟哪里不对劲，为什么自己的感觉如此混乱不清。毫无疑问她是个喜欢旅游见多识广的人，谈资里总是少不了提到世界的各个地方。但她可以好几天不开口，双手插兜旁若无人地在走廊上默默走过。然后她又会突然过来帮布鲁克先生解袖口扣子，上演一场独幕话剧，她的目光明亮不羁，声音温暖热切，她要么闭口不言，要么讲起来滔滔不绝。当然毫无例外，她所提到的每一件事情里都有一种奇怪的扭曲。比如说，她带萨米去剪头发，理发店被她描述得像异国似的，而事实上他们一下午都是在巴格达度过。布鲁克先生搞不清楚这究竟是怎么回事。

他是突然间意识到了真相。真相令一切赫然明了，或者至少令眼前的事情更加清晰。那天布鲁克先生回家很早，他燃着起居室里的壁炉，心情舒适平和。他穿着厚袜子坐在壁炉前，从旁边茶几上拿起一本威廉姆·布雷克的诗集看着，还给自己倒了一杯杏仁白兰地。十点钟的时候，他坐在炉火前半醒半睡，脑子里满是马勒云山雾罩的乐句和虚无缥缈思绪的半成品。然后突然间的恍惚里，他的脑子跳出四个字："芬兰国王。"这几个字听起来很熟悉，但是他一开始还搞不明白什么意思。然后他开始回溯。那天下午他在校园里散步，然后席琳斯基夫人叫住他，自顾自说了起来。他心不在焉地听着，心里想着复调班上刚收到的一沓卡能作业要改。现在，这几个字带着席琳斯基夫人的语调声音，重新清晰无疑地在他的脑际里回放。席琳斯基夫人是这样说的："那天我站在那个蛋糕店前，芬兰国王正好滑着雪橇走过。"

布鲁克先生一下坐直了身体，放下手中的白兰地杯子。他猛然意识到：这女人是个惯性说谎者，她在课外说的每一句话都不是真的。如果她通宵都在工作，第二天她会跟你说一个晚上都在看电影。如果她在老式餐馆里吃了午餐，她会说刚刚和孩子们在家吃了饭。这是个撒谎成性的病人。现在这一切都能解释清楚了。

布鲁克先生砰砰地打着响指从椅子上站起来。他的第一个反应是愤怒，因为席琳斯基夫人竟然日复一日、厚颜无耻地坐在他的办公室，说的都是假话。布鲁克先生愤怒至极，他在屋子里来回转着圈，终于平静下来进到厨房给自己做了个沙丁三明治。

一小时以后，他在壁炉前坐下，怒气已经变成了学者似的探究和思考。他告诫自己，必须将个人色彩抽离出整个事件，要像医生看待病人那样看待席琳斯基夫人。她的假话并没有什么害处，她也没有带目的性地故意去骗人，她的谎话更没有给自己获取什么好处。这才是令人发疯的原因——就是她这样做毫无目的。

布鲁克先生喝完了杯子里的白兰地。夜色阑珊，他终于慢慢有了深一层的领悟。席琳斯基夫人谎话连篇的背后其实是痛苦。因为她穷其一生精力都用在工作上，弹琴教书，谱曲——创作她那美丽庞大的十二乐章。一天到晚，她埋头苦干挣扎努力，全身心投入工作根本无暇顾及其他。作为个人，她忍受着缺失又尽其所能试图补偿。如果晚上在图书馆里工作，那么她可以说在那里玩扑克牌，就好像她可以同时做这两件事情，通过假话她得以实现想象中的生活。谎言让她渺小的存在得以抚慰，让她除了夜以继日的工作之外还可以有一点残破的生活窃喜。

布鲁克先生望着壁炉里的火苗，席琳斯基夫人的脸在他的脑子里显现，一对疲惫劳累的黑眼圈，一张秀气而又严肃的嘴巴。他的胸膛涌起一股温柔的暖流，一丝怜悯，一种保护感，无限痛苦的理解。有一阵他甚至产生了一种恋爱的迷惑。

他起身去刷牙，换上睡衣。他必须回到现实，想清楚了又怎么样？那个法国人，波兰短笛手，巴格达。还有孩子们，西格蒙德，鲍里斯，萨米，他们究竟是谁？他们真的是她的孩子吗？还是不知道她从哪儿弄来的？布鲁克先生把眼镜摘下来，擦干净放到床边的茶几上。他必须立刻把她搞清楚，要不然在系里这情势必会演变成问题。已经是夜里两点了，他从窗口望出去，看到席琳斯基夫人的窗户里灯还是亮着。布鲁克先生上床，在黑暗里做了个鬼脸，盘算着明天要怎样对付她。

布鲁克先生八点钟就到了办公室，身子埋在大桌子后边，思考着只要席琳斯基夫人从走廊上一出现，他就要怎样让她中圈套。不久，他就听到她的脚步声，于是叫住了她。席琳斯基夫人站在过道上，看上去恍惚又疲倦不堪。“你好，我昨天晚上真是休息得非常棒。”她说。

“请你坐下来，”布鲁克先生道，“如果可以的话，我想跟你说几句话。”席琳斯基夫人把公文包放一边，疲倦地靠在他对面的把手椅子上，问道，“您要说什么？”

布鲁克先生慢慢开始：“昨天我走过校园的时候，你跟我说，如果我没有记错的话，你说在芬兰有一个面包店，还有一个芬兰国王，对吗？”

席琳斯基夫人把头转向一边，好像在努力追忆什么，眼睛使劲地盯着窗棱的一角。

布鲁克先生继续道：“是关于一个什么面包店。”

她疲惫不堪的脸一下放出光芒。“当然啦，”紧接着热切地说道，“我跟你说了，那次我站在这家面包店前，然后芬兰国王……”

“席琳斯基夫人！”布鲁克先生大叫道，“根本没有芬兰国王。”

席琳斯基夫人脸上一片茫然，过了片刻，她才开始说：“我站在那家普加倪面包店橱窗里正看着那些面包呢，一转头，正好看到芬兰国王……”

“席琳斯基夫人，我刚刚说了，芬兰国王是不存在的。”

“在赫尔辛基，”席琳斯基夫人的口气带着一丝绝望。布鲁克先生又一次在她提到国王时打断她：

“芬兰是个民主国家，你不可能看到芬兰国王，所以你刚才说的话绝对是不真实的。”

布鲁克先生永远也不会忘记，席琳斯基夫人那一瞬间脸上的表情。她的眼睛里混合着震惊、沮丧和无处可逃的恐惧，仿佛一个人亲眼看着她的内心世界在自己的眼前轰然倒塌。

“是很遗憾。”布鲁克先生极其同情地说道。

但是席琳斯基夫人很快又恢复了原状，她抬起下巴，冷冷地说：“我是芬兰人。”

“那毋庸置疑。”布鲁克先生说道，然后又想了一下，他其实还是有一点怀疑的。

“我出生在芬兰，是芬兰公民。”

“那当然非常可能。”布鲁克先生的声音也提高了。

“二战中我骑着摩托车做过信使。”席琳斯基夫人的声音充满热情。

“你的爱国精神和这个毫无相干。”

“只是因为我正要取出第一份文件……”

“席琳斯基夫人，”布鲁克先生手握住桌子边说道，“那也是不相干的话题，问题是你总是坚持说，你看到了，你看到了……”他无法说完，她脸上的表情让他说不下去。席琳斯基夫人的脸色死一般苍白，双唇紧闭，眼睛大睁着，绝望却又充满自信。布鲁克先生突然觉得自己像个谋杀犯。他被层层巨大的情感包围住——理解，懊悔，不可理喻的爱意。他用手捂住了脸。他无法开口，直到内心的骚动渐渐平息下来。然后，他无力地说道：“当然啦，芬兰国王。他人好吗？”

一个小时之后，布鲁克先生坐在办公室里望着窗外。寂静的西桥街两边的树几乎掉光了叶子，光秃秃的，灰色的教学楼透着安静和悲伤。他的眼光落到一个熟悉的街景上，他看到德里克家的那条阿尔丁老狗正在街上蹒跚而过。这情形他见过一百遍，那么现在看起来为什么有一点奇怪呢？他突然惊讶地意识到，这只老狗正在倒着跑。

布鲁克先生看着老狗，直到它消失在视线里，然后重新埋头他的工作，开始批改那沓刚交上来的卡能作业。

旅居者

今早他从梦中醒来，迷迷糊糊地感觉似乎是在罗马：奔涌四射的喷泉，狭长的带拱门的街道，城市金碧辉煌，鲜花锦簇，还有年代久远的软石。通常他这样醒来的时候，最常感觉到的是在巴黎的日子，或者是战后德国的废墟，或者是瑞士的滑雪场、滑雪旅馆之类的。当然有时也会是在佐治亚州的荒野里凌晨狩猎。今天早晨，这个没有时间痕迹的梦境则是罗马。

约翰·斐尔斯在纽约的一家旅馆里醒来，隐隐地觉着仿佛会有什么不开心的事情发生。至于是什么，他不知道。一清早起来的这种感觉直到他穿好衣服下楼依然挥之不去。这是秋天的一个早上。空气清新，天上没有一丝云。淡淡的阳光在色彩柔和的摩天大楼之间穿过。斐尔斯走到附近的一家便利店，在最后一排靠窗的位置上坐下来，临窗眺望街景。他点了一份美式早餐，有煎鸡蛋和香肠。

斐尔斯一星期前从巴黎回佐治亚老家参加父亲的葬礼。父亲的死亡令他震动，恍然惊觉自己已不再年轻。额头上的发际线升高，太阳穴上的青筋暴露，面色瘦削憔悴，肚子也鼓了出来。他爱父亲，和父亲的关系一直很亲密——只是常年别离一点点冲散了这种亲情。虽然父亲的死亡在所难免，但真的发生了，还是让他有种意想不到的悲哀。他尽可能在家多待几天抚慰母亲和兄弟。第二天早晨他就要飞回巴黎了。

斐尔斯掏出了地址簿核对一个号码。他一页页翻着，心思也越来越凝重——上面有纽约和欧洲一些首都的人名和地址，还有几个通联方式似乎是来自他南部家乡的。这些字迹有的模糊褪色，有的工工整整，也有歪歪扭扭醉酒后写的。贝蒂 · 威尔斯，他暗恋过的一个人，如今已经嫁人了。查理斯 · 威廉姆斯，参加过许特根森林战役受了伤，从此再也没有听说过他的消息。还有德高望重的老威廉姆斯，他是活着还是死了？堂沃克，电视台曾经的风云人物，如今已是大款。亨利 · 格林，战后生活一团糟，据说如今在康复中心生活。寇芝 · 豪尔，听说她也死了。无忧无虑整天笑呵呵的寇芝——

那么好玩的一个女孩儿竟然会死，简直太不可思议了。斐尔斯把地址簿合上，心里忐忑不安，几乎是恐惧的感觉。

也就是在此时，他的身体突然像触电一样抽动了一下。他看到窗外人行道上，他的前妻伊丽莎白正缓缓走过。她离他如此近，那样优雅地款款而行。他简直无法抵制心底的狂跳，无名的冲动与美好，即使她已经走出很远了。

斐尔斯很快付了账单跑到外边，伊丽莎白正站在街头准备过第五大道。他快速跑起来想去跟她打招呼，但是绿灯亮了，她已经穿过了马路。斐尔斯跟在她身后。过了马路尽头，他其实很容易就可以赶上她，但是他却发现自己莫名其妙地放慢了脚步。伊丽莎白棕色的头发简单地挽上去，他注视着前妻，想起父亲曾经说过，伊丽莎白是个举止优雅的人。伊丽莎白在下一个街角拐弯了。虽然斐尔斯现在已经不准备追上她了，但他还是跟着她。他慢慢地回味着刚才见到伊丽莎白的情景，心底波澜起伏，掌心出汗，心跳加速仿佛要得心脏病。

斐尔斯最后一次见到前妻还是八年前。他知道她已经再婚，还有了孩子，而且不止一个。最近几年他已经很少想到她。但是刚离婚的几年，那种失落感几乎将他击倒。时间是最好的止痛药，他后来又恋爱了，一场接一场的恋爱。现在他和简妮在一起。当然，他对于前妻的爱早就已经成为过去时，可是身体为何还会如此强烈的反应呢？他知道，他此时抑郁的心情和阳光普照的秋天有些格格不入。斐尔斯于是停下脚步不再追赶，转身甩开步子，快步走回到了旅馆。

时间还不到中午十一点，他给自己倒了一杯酒。他瘫倒在阳台的扶椅上，疲惫不堪地慢慢饮着杯里的威士忌加水。他明天会很忙，第二天清晨飞巴黎。他又查看了一下行程表，行李需要带到空军基地，然后和老板吃午饭，买一双鞋和大衣。还有什么——难道不是还有一件什么事吗？他喝完杯里的酒，打开了电话簿。

他觉得要给前妻打电话这件事情决定得很草率。电话号码列在她先生贝利名下。斐尔斯趁自己还来不及迟疑拿起了电话。他和伊丽莎白圣诞节的时候互寄过卡片。她再婚的时候，斐尔斯还送过一套刀具做礼物。所以如果不打电话也讲不过去，但是当他听着铃声嘟嘟响起的时候，心里的疑虑还是让他几乎晕厥过去。

接电话的是伊丽莎白。她那熟悉的声音令他心里赫然一震。他把自己的名字重复了两遍，等她终于明白他是谁时，她的声音流露出无比的快乐。他解释来此地只有这一天的时间。伊丽莎白说那天他们刚好早有约要去看戏，但是，他可以提前过来吃晚餐。斐尔斯很高兴地接受了邀请。

他办完琐事觉得好像还有什么事忘了。洗完澡换上衣服，就到了下午，他通常这个时候会想起简妮。隔天晚上的这个时候他就会和她在一起了。他会说："简妮，我在纽约正好碰到了我的前妻，一起吃了顿晚餐，当然还有她的丈夫。这么多年以后再见到她真的很奇怪。"

伊丽莎白住在东五十街。斐尔斯坐着计程车到上城的时候，依旧看得到路口之间的一抹落日余晖，等他到目的地却已经是秋日的傍晚了。他们住的楼顶有很大的遮檐，还有一个门卫，他们住七楼。

"请进，斐尔斯先生。"

斐尔斯想过来开门的会是伊丽莎白，或者是她那素未谋面的先生，但门开处却站着一个小男孩，一头红发满脸雀斑。斐尔斯忍不住惊疑。他知道她有小孩，但下意识中还是有些难以接受。他震惊得往后退了一步。

"这是我们的公寓，"孩子很有礼貌地说，"你是斐尔斯先生吗？我是比力，请进。"

斐尔斯走近起居间，伊丽莎白的先生让他又一次惊奇，照旧让他无法在感情上接受。贝利一头红发，动作迟缓稳重，他站起身来热情地伸出手。

“我叫贝利，很高兴见到你，伊丽莎白很快就会出来，她在换衣服。”

这最后一句话掀起他记忆里的无数骚动。洗澡间里伊丽莎白那白皙绯红的胴体，半裸着站在梳妆镜前梳理着她那栗色的长发。沁人心脾的柔软，他们曾有过多少甜蜜的肌肤之亲。斐尔斯被这些意想不到的记忆埋没，他试图抽离自己迎着贝利的目光。

“比力，去把厨房的饮料托盘端过来好吗？”贝利叫着儿子。

小孩儿很快地就站起身走了。斐尔斯借机赞赏道：“这孩子真听话。”

“我们也觉得他很听话。”

接下来好像又没什么话可说，直到比力端了托盘回来，还拿来了马提尼斯鸡尾酒调酒壶。酒是谈话的最好话题，他们从俄国谈到纽约的人工降雨，再从曼哈顿聊到巴黎的公寓情形。

“斐尔斯先生明天要飞越大西洋，”贝利对小男孩说，“你要不要藏到行李里跟着他走？”

小男孩正靠在爸爸的椅子上，静静地，很有礼貌地听着。他一听到这话，把前额的头发往后一甩说：“我要开飞机，而且有一天要像斐尔斯先生一样做个新闻记者。”然后又肯定地加上一句，“我长大以后就做个新闻记者。”

“我以为你要当医生。”贝利说。

“我是要当医生，”比力说，“两个都当，我还想做原子科学家。”

伊丽莎白终于走了进来，手上抱着婴儿，比力的妹妹。

“哦，约翰！”她一边叫着，一边把孩子递给丈夫，“见到你真是太好了，真高兴你能来看我们。”

婴儿安静地坐在爸爸的膝盖上，她穿了一件淡粉色的绉纱裙子，脖子上围着粉色的围嘴，柔软的发卷上系着个同色的蝴蝶结。她的皮肤晒得黝黑，棕色的眼睛笑意盈盈，亮晶晶地闪烁着。她想要站起来，去够爸爸的牛角边眼镜。爸爸于是把眼镜摘下来，给她戴上瞧了一会儿，“宝贝戴着眼镜感觉怎么样？”爸爸连声问着。

伊丽莎白非常美丽，甚至比他记忆里的还美。一头直发柔顺光滑，面容柔美平和，散发着迷人的圣母般可爱的光辉，浑身上下充盈着家庭的和美气息。

“你几乎没变，”伊丽莎白说，“虽然都过去这么长时间了。”

“八年了，”他的手不自觉地摸着日渐稀薄的头发，继续寒暄着。

斐尔斯感觉自己突然变成了一个旁观者，一个闯入贝利家的局外人。他为什么要来？他痛苦过，他的生命如此孤独，纤弱的心灵在经年的伤痕累累中无法自持。在这种家庭气息浓烈的房檐下他简直待不下去。

他看了一下手表，说，“你们是要去看戏了吧？”

“是啊，真可惜，”伊丽莎白说，“这个戏一个月前我们就订了票。但是没关系。不久约翰你也可以回来定居生活，你不是被流放在外，对吗？”

“流放，”斐尔斯重复道，“我不喜欢这个词。”

“那找个更好的词来形容。”

“旅居者。”他想了一下道。

斐尔斯看了一眼手表，伊丽莎白再一次道歉：“如果我们早知道就好了。”

“我只有这一天，我也没有想到回来。你看，爸爸他上个星期去世了。”

“斐尔斯爸爸去世了？”

“是的。在约翰霍普金斯医院，他病了，差不多在医院住了一年。葬礼是在佐治亚老家举办的。”

“真是太遗憾了，约翰，斐尔斯爸爸从来都是我最敬爱的人。”

小男孩从椅子后边走过来，凑近母亲的脸问道，“谁死了？”

斐尔斯也一时陷入困惑。他想起父亲葬礼上的情景，父亲平躺在垫着丝被的棺木里，面色潮红，一双熟悉的大手交叉在胸前，胳膊环绕在鲜花丛中。直到听伊丽莎白平静的声音他才从记忆里抽回身来。

“嗯，比力，是斐尔斯先生的爸爸，非常好的一个人，你不认识。”

“但是你刚才为什么叫他斐尔斯爸爸？”

贝利和伊丽莎白交换了一个眼色，最后贝利回答了孩子的问题。他说，“很久以前，你妈妈和斐尔斯先生曾经结过婚。在你出生之前，很久很久以前。”

“和斐尔斯先生？”

小男孩瞪大了眼睛看着斐尔斯，惊奇得难以置信。斐尔斯望过来的眼睛同样难以捉摸。是真的吗？眼前陌生的伊丽莎白，曾经是夜晚中肌肤相亲时他嘴里的“小奶油鸭子”。他们曾经住在一起，分享过一千多个日与夜——最终，却要忍受着突如其来的孤独和痛苦。嫉妒、酒精和金钱纠结终于将他们婚姻的帷帐拆散。

贝利喊着孩子们："现在吃晚饭了，快过来。"

"但是爸爸？妈妈和斐尔斯先生——我——"

比力不肯放弃的眼神里充满了迷惑还有一丝敌意，令斐尔斯想起另一个小孩的眼神。简妮的小男孩，七岁的瓦兰汀有一张总是阴沉着的小脸，一对瘦骨嶙峋的膝盖。一个斐尔斯尽量回避而又经常忘记的小男孩。

"快点儿，跑过来，"贝利轻柔地把比力反身转到门口，"儿子，现在跟斐尔斯先生说晚安。"

"晚安，斐尔斯先生。"比力不高兴道，"我还以为可以一直待到吃蛋糕呢。"

"你可以过一会儿再来吃蛋糕，"伊丽莎白说，"现在和爹地一起去吃晚饭。"

客厅现在只剩下斐尔斯和伊丽莎白，仿佛又回到刚才初见面的沉默状。斐尔斯想要再喝一杯酒，伊丽莎白于是把桌子上的鸡尾酒壶挪到他面前。他看着客厅里的立式钢琴，注意到钢琴架上的一乐谱，问道：

"你还像从前一样弹得那么好吗？"

"我现在还是喜欢弹。"

"那就请你弹一首吧，伊丽莎白。"

伊丽莎白立刻站起身。如果有人要她弹奏，她总是非常乐意。现在她走到钢琴前，信心十足，刚才的尴尬无言也就一扫而光。

她开始弹奏巴赫的前奏曲和赋格曲。前奏曲乐声一起，仿佛清晨阳光里的多棱镜，照射出快乐的七彩光芒。赋格曲的开篇则是纯净独立与第二曲调相交换，又重新以更广阔的形式再现。多重音乐，纵横交错从四面八方汇聚而来。主旋律与另外两个乐声相交和，由无数的创造力点缀其中——时而上升，时而下降，那是一种个体不惧怕向整体低头的悲壮与崇高。接近尾声时，所有的音乐部分汇合一体，为第一主旋律添加最后的和弦，然后赋格结束。斐尔斯把他的头靠在椅背上，合上了眼睛。然后楼下房间传过来一个清晰的声音打破了沉默。

“爹地，妈妈和斐尔斯先生怎么会——”门又被咯吱一声关上了。

钢琴曲持续悠扬，这首曲子叫什么？清澈的乐曲在他的心中持续萦绕，熟悉而又无法安放。这首伊丽莎白曾经弹奏过无数遍的钢琴曲，如今在不同的地点与他再次交会。温柔的气息让狂野的记忆重又回到心田。斐尔斯失落在对过去的向往与纠结之中。那样奇异而充满惊涛骇浪的音乐，却可以如此平静祥和流淌。终于女用人的出现打断了奔腾激荡的旋律。

“贝利太太，晚餐已经准备好了。”

现在斐尔斯坐在男女主人之间，但是脑海里依然回荡着刚才没弹完的音乐。他有点醉得飘飘然了。

“人的遐想，”他用法语说道，“没有什么东西能像一首没有唱完的曲子，或者一本老地址簿那样，更能让人感叹人类存在的即兴时。”

“地址簿？”贝利重复道，然后出于礼貌，没有再接着问。

“约翰，你还是从前一样的大男孩，”伊丽莎白说道，显露出一丝从前的亲昵温柔。

晚餐是南方式，菜也是他最喜欢的，有炸鸡、玉米布丁，以及细软甜蜜的黄灿灿红薯。吃饭的时候，伊丽莎白一直让话题持续，不留空隙沉默。也因为如此，斐尔斯就谈到了简妮。

“我是去年秋天认识简妮的，”他说，“也就是这个时候吧，在意大利。她是个歌手，正好在罗马演出。我想我们很快会结婚的。”

这些话听着如此真切，斐尔斯自己都一下子无法分辨哪里有假话。他和简妮从来没有谈论过婚嫁，事实上她还是个有夫之妇，丈夫是个在巴黎做货币兑换的白俄，虽然已经分居五年了。但是现在这样说为时过晚。伊丽莎白已经在感叹着：“真是太替你高兴了，祝贺你，小约翰。”

他试着用事实补偿道：“罗马的秋天真的很美，温暖适宜，鲜花遍地。简妮还有一个六岁的小男孩叫瓦兰汀，一个好奇心强，会说三种语言的小家伙，我们有时候会一起去杜乐丽花园（注：法国巴黎庭院）游玩。”

又是一个假话。他只带小男孩去过一次这个公园。这个浅薄的外国小孩穿着短裤，两条罗圈腿露在外面。他在水池里放小船玩，还骑了会儿小马。小男孩倒是想到去看木偶表演，但是没时间，斐尔斯要回旅馆办事情。他答应隔天下午再带他去大吉诺剧院。他带瓦兰汀只去过一次杜乐丽公园。

一阵骚动，女侍端着一个白色奶油蛋糕走了进来，蛋糕上面插着粉色的蜡烛。孩子们穿着睡衣跟在后面，斐尔斯搞不懂这是怎么回事。

“祝你生日快乐，约翰，”伊丽莎白说，“现在吹蜡烛吧。”

斐尔斯才意识到原来是自己的生日，蜡烛被一点点吹灭了，空气里飘散着蜡烛燃烧过后的味道。斐尔斯三十八岁了，这就像他额头上的青筋突显一样毋庸置疑。

“你们该走了，去看剧了吧。”他又问道。

斐尔斯再次感谢伊丽莎白为他举办的生日晚宴，然后礼貌地跟大家道别。伊丽莎白一家人到门口与他送别。

此时一轮下弦月正高高地挂在天空，时而隐没在黑色的摩天大楼缝隙之间。街上起风了更加深了凉意。斐尔斯加快脚步向第三大街走，他叫了一辆出租车，望着夜空里的城市，离别的愁绪在心头仿佛像道永别。孑然一身的他期待着明晨的飞行和即将来临的旅程。

第二天，他从空中鸟瞰，阳光下整个城市像玩具一样熠熠发光。而后美国渐渐地越离越远，只剩下大西洋和遥远的欧洲海岸线。无垠的海水呈现出乳白色的一片，在云层下波澜不惊。斐尔斯大部分时间迷迷糊糊地睡着。临近傍晚的时候，他又想起伊丽莎白和前天晚上的会面。他想到伊丽莎白和她的家人，心里流过一丝渴望，隐约的嫉妒和无以言表的悔意。他搜寻那首乐曲，让他如此感动的那种未竟的情绪。可惜只剩下节奏和支离破碎的音调，主旋律已经记不清了。他倒是想起了伊丽莎白弹奏的赋格曲里的第一乐章，现在重新回顾，乐曲却变成小调音阶仿佛在轻声取笑他。高空飞行浩瀚的海洋已经让他的流浪与孤独感消失殆尽。他又可以坦然地回想着父亲去世的经历。晚餐时分，飞机到达法国海岸。

半夜的时候，斐尔斯已经坐在开往巴黎城的出租车里。夜空下乌云布满天空，云雾笼罩着协和广场（注：巴黎市中心塞纳河右岸的一个大广场）的街灯。夜晚酒馆的灯光反射在湿漉漉的石子路上。斐尔斯回溯着他这漂泊的一生：一个又一个的城市过客，一场接一场的情场走马灯；还有时间，像钢琴上的琴键一溜滑奏下来，逝者如斯夫。时间永远如此。

“快开！快开！”他不敢再想，惊恐万分地叫道，“快点儿开。”

瓦兰汀来给他开的门。小男孩穿着睡衣，外面罩着有些太小的红袍子，他耷拉着眼睛，直到斐尔斯走进到屋子里，才看到他那双灰眼睛里闪烁的光亮。

“我在等妈妈。”他说。

简妮正在夜总会唱歌，至少要一小时以后才回来。瓦兰汀又继续画画，地板上铺着纸还有蜡笔。斐尔斯看了一眼画——在一个气球状的连环漫画格子里，有一个弹班卓琴的人，旁边是一些歪歪扭扭的音符和曲线。

“我们再去杜乐丽公园吧。”斐尔斯说。

小男孩抬头，斐尔斯于是把他拉到腿边坐下。他一下子突然就记起了伊丽莎白没有弹完的那个曲子。从来不需要想起，永远也不会忘记。他悸动得简直欣喜若狂。

“约翰先生，你见到他了吗？”孩子问道。

斐尔斯有一瞬间迷惑地错以为是另一个孩子，那个满脸雀斑，被家人深爱的男孩。“见到谁？瓦兰汀？”

“佐治亚你那重病的爸爸呀，”小孩说道，“他还好吗？”

斐尔斯急切地说道：“我们要经常去杜乐丽公园。骑马，还要去大吉诺剧院。去看木偶戏，不会急着干别的事了。”

“约翰先生，”瓦兰汀说，“大吉诺剧院倒闭了。”

斐尔斯仿佛又被一种虚度时光和死亡的恐惧感重新笼罩住。瓦兰汀却坐在他的臂弯里乖巧又自信。他的脸贴着瓦兰汀娇嫩的小脸，感觉到孩童细致的睫毛轻触。内心的一种绝望感让他更加抱紧了孩子，仿佛只有如此，他变幻莫测的情感才可以主宰时间的脉搏。

家庭困境

星期四，马丁·麦多斯提前离开办公室，赶上第一班快车回家。他出来时，雪融泥泞的街上，天空依稀可见一抹淡紫色的晚霞。等到汽车离开中城总站时，已经是华灯初上的傍晚。星期四家里的用人只来半天，所以马丁希望尽早回家，因为过去一年来妻子的状态不是太好。今天他已经很累，心里暗自希冀车上的常客们不要找他聊天。他埋头在报纸上，直到车开过乔治·华盛顿大桥。汽车每次一开到西九高速公路上，马丁就会觉得行程已经过了一半。他可以深深地吸口气了，并且相信刚刚吸进的是乡村清新的空气，即使外边是寒冷的天气，寒风正把车的尾气撕扯得游离四散。以前，每到此时他就会心情放松，愉快地想着马上要到家的情形。可是从去年起，越要到家他心情越沉重，甚至不希望下车。今天晚上，马丁把脸贴近车窗，望着窗外光秃秃的田野和孤零零的城市灯光。月亮已经出来了，清冷地照在黑黢黢的大地和陈旧的积雪上。此时马丁眼里的乡村越发空旷苍凉。他从行李架上把帽子取下来，又把报纸折好放回大衣口袋里，还有几分钟他就要拉绳示意司机准备下车了。

他的家离车站只有一个街区，坐落在哈德逊河畔，而且离岸边有一段距离。从起居间的窗户上也可以看到对面的街道院落，后面就是流淌着的哈德逊河。他们的房子造型现代，崭新的全白色，几乎跟窄小的街区格格不入。夏天院落里的草地柔软油亮，马丁会耐心地在沿着草地种上一溜花，搭起玫瑰花架。但是天寒地冻的时候，院子里就只剩下一片萧瑟，房子也变得孤零零的。但是此时，她的整幢房子却是灯火辉煌，马丁加快脚步往家走。走到门口台阶时他停了下来，把一个小童车挪开。

孩子们正在起居室里玩得尽兴，门开了也没人注意。马丁站在那里，望着一对可爱的儿女。书桌最底层的抽屉给拉开了，里面的圣诞节装饰全被掏了出来。圣诞树的插头也给儿子安迪捣鼓着通上了电，红绿色的小灯泡闪闪烁烁，在起居间的地毯上沉浸着一种不合时令的节日气氛。马丁提起亮闪闪的灯线绕过女儿玛丽安的小木马，只见她正坐在地板上往下拽着一个装饰天使的翅膀。孩子们一看到爸爸，就兴奋地大叫起来。马丁一把将胖乎乎的小女儿扛到了肩上，安迪则抱住了爸爸的大腿。

“爹地，爹地，爹地。”

马丁把女儿轻轻放下来，又擎起儿子荡秋千。然后他把圣诞树电线收起来。他跟孩子们说道：“怎么把这些东西都拿出来呢？快帮我把它们收到抽屉里。不可以玩电线插头，早告诉过你了，安迪。我跟你说真格的。”

六岁的小男孩点点头，把书桌的抽屉关上了。马丁抚摸着他柔软的头发。又慢慢轻柔地在孩子细嫩的后颈上抚摩安慰着。

“小南瓜，吃饭了没有？”他对着女儿说道。

“好疼，面包太辣了。”

小女儿在地毯上踉跄着，一个不小心摔倒了，开始大哭。马丁把她抱起来去厨房。

“你看，爹地，”儿子指着，“面包——”

光秃秃的陶瓷餐桌上放着太太艾米丽为孩子们准备的晚餐。两个盘子，一盘吃剩的麦片糊，一盘鸡蛋，还有一个装着牛奶的银色瓷杯。一大碟桂香小圆面包没有动，除了一个小圆面包上留下的一排小牙印。马丁拿起来这个面包，闻了闻又捏一小块下来尝尝，随即扬手扔到了垃圾桶里。

“天，辣死了，真是要命！”他感叹道。

艾米丽错把辣椒面当成桂香。

“我喜欢辣乎乎的，”安迪说道，“我还喝了水，然后跑出去把嘴巴张大大的就没那么辣了。玛丽安没有吃一个。”

“一个没吃。”马丁给儿子纠正道，无助地站在那里望着厨房的四壁。“也只能是这样了，”他终于说道，“妈妈在哪里？”

“在你们的房间里。”

马丁把孩子们留在厨房，上楼去找太太。他在楼上房门外等了一会儿，尽力压抑着愤怒。然后没敲门就进去了，他又轻轻把门关上。

舒适的房间里，艾米丽正坐在靠窗的摇椅上端起玻璃杯喝着什么，一看见丈夫便迅速将酒杯放到椅子后边的地板上。她装出极大的热情，仿佛那样就可以掩饰内心的迷惑和内疚。

“哦，马蒂，你已经回来啦？时间可真是快呀。我好像刚下楼——”她一下子扑到他身上，亲吻着他，嘴里酒气熏天，雪莉酒的味道。她看他没反应，就往后退一步紧张地咯咯笑着。

“你怎么回事啊？像个电线杆一样站在那里，你有问题吗？”她叫道。

“我有问题？”马丁弯下身从摇椅后面捡起酒杯说，“你应该知道我有什么问题——这对我们两人来说都不好。”

马丁早已经熟悉了艾米丽虚情假意的声调。她这种时候通常会用一种英国口音，仿佛在模仿某位令她羡慕的女演员。“我对你的话丝毫不明白。如果你是指我喝的那杯雪莉酒的话，那我要告诉你，我只不过喝了一小盅，也许只有两小盅。但是这有什么罪过吗？祈求你告诉我。我很好，一点没事。”

“是啊，谁都可以看得清清楚楚。”他说。

艾米丽颤颤巍巍地往洗手间走，拧开冷水龙头，捧水洗了一把脸，再用角落里的毛巾把脸拍试擦干。她有一张精致的脸颊，没有一点疵瑕。

“我正准备下楼做饭，”她跌跌撞撞着，努力抓住门把手才站稳了脚跟。

“我去做饭，你就待在这里，我会把饭端上来。”他说。

“我什么也不用做，为什么？有人听过这种事情吗，家庭主妇不用做饭？”

“求你了。”马丁说。

“放开我，我一点事没有，我正要下楼去——”

“听我说。”他试图阻止她。

她摇晃着朝着门口倒下去，马丁一把抓住了她的胳膊，“我不想让孩子们看到你这副模样，理智一些。”他说。

“模样！”艾米丽挣脱了他的手，高声愤怒道，“为什么？就因为我下午喝了两杯酒，你就把我当成了酒鬼。模样！有意思，我都没有喝威士忌。你都知道了我不去酒吧，你还有什么好说的，我晚餐也不喝鸡尾酒了。我只是偶尔喝一两杯雪莉酒。嗯，我问你，为什么这就让你没面子了？还说什么模样！”

马丁试图找些话让太太安静下来。“宝贝听话，我们可以在楼上安静地吃晚餐。”艾米丽终于在床边坐了下来。他打开门迅速离开。

“我很快就回来。”他说。

马丁在楼下厨房里忙着晚餐，心里沉思着家里的这个问题是怎么发生的？他自己有时候喜欢喝两杯。事实上他们住在亚拉巴马时，那里的人喜欢喝酒，喝鸡尾酒。很多年，他们会在吃晚饭时喝上一两杯，也许三杯，然后临睡前喝杯宵夜酒。过节前的几个夜晚，他们可能会随心所欲喝几杯，甚至喝到微醺。但是喝酒从来对他来说不是个问题，除了家里有了孩子后，酒精的开销变得有些入不敷出。直到公司把他调到纽约，喝酒才变成了一个问题。马丁开始注意到太太有些饮酒过度，即使白天，她都喝得东倒西歪。

问题找出来了，他开始究其原因。从亚拉巴马搬到纽约似乎令妻子很不快乐。她习惯了南方小城温暖适宜的慢生活，家人亲戚朋友在一起其乐融融的情景。她仿佛无法适应北方的孤寂和寒冷。再加上要照顾两个孩子，还有家庭主妇每天要做的烦琐事情。她想念巴黎城市，没什么朋友，只喜欢读杂志和侦探小说。她的内在生命仿佛没有酒精的调剂就无法存活。

这种无节制的恶饮行为颠覆了他从前对太太的印象。有时候他想起她的那些令人费解的恶意和酒精引发的不可理喻的暴怒。他见识了她潜藏的粗俗一面，跟自然简单的艾米丽外表十分不相称。对于喝酒，她总是假话连篇，想尽各种理由诓骗他。

然后就发生了那次事故。那还是一年前的某个晚上，他下班回来，一进屋就听到孩子们房间里的喊叫声。只见艾米丽抱着刚洗完澡的小女儿，湿漉漉衣服都没穿。艾米丽却让孩子从她怀里摔下来。柔弱婴儿的头撞到了桌子角，瞬时鲜血直流，婴儿纤细的毛发里都是血。艾米丽却在啜泣，她已经醉了。马丁赶紧把受伤的孩子抱起来，无限爱怜，心里顿时充满对未来的恐惧。

第二天玛丽安并无大碍，艾米丽也发誓再不碰酒精，接下来的几个星期她倒是神志清醒，却冷淡，垂头丧气。然后慢慢地她又开始喝了——虽然不是威士忌或者杜松子酒之类——却是一打一打的啤酒，或者稀奇古怪的烈性酒。有一次他撞到一帽盒的白薄荷空酒瓶子。马丁于是找来了一个可靠的用人沃姬来帮忙打理家务。沃姬也是亚拉巴马人，马丁从来没敢告诉艾米丽在纽约聘用一个用人的费用有多高。艾米丽喝酒已经完全是秘密的了，在他回家之前喝完。通常还看不出来什么破绽，只不过是她的动作上稍微迟缓一些，有时候眼皮垂着睁不开。但这种完全不在状态的情形，就像这次把辣椒面当成桂香的时候还真很少见。女佣沃姬在的时候，马丁就可以完全消除担心。但是不管怎么说，内心的紧张担心总是不能消除，一种不知道何时会发生灾难的恐惧感时时缠绕着他。

“玛丽安！”马丁一想到那次事故就忍不住要叫一声女儿才能安心。小女孩虽然没伤到，但是父亲的怜爱却一点不能减少。听到叫声，女儿跟哥哥一起走进厨房。马丁继续做饭，他打开一听汤罐头，在煎锅里放了两块肉排。然后坐到桌子旁，把玛丽安抱到腿上颠簸着给她骑马。安迪在旁边看着他们，手指活动着一颗摇摇欲坠了一星期还没掉下来的牙齿。

“安迪宝贝，”马丁说，“那个老顽固还没掉下来吗？过来让爹地看一下。”

“我用线可以拽下来，”孩子从口袋里拿出一团缠在一起的线，“沃姬告诉我把牙用这条线绑上，一头再绑到门把手上，门一关就可以把牙拽下来了。”

马丁从口袋里掏出一条干净的手绢，垫着伸到安迪的嘴里小心翼翼地摇晃着那颗牙。“今天晚上这颗牙就会从安迪嘴里掉下来。不然今晚我们家会长出一棵牙树。”

“一棵什么？”

“一棵牙树，”马丁说道，“你吃东西的时候，不小心会把这颗牙吞到肚子里，那么牙就会在可怜的安迪肚子里长成一棵树，树叶都是一颗颗又尖又利的小牙齿。”

“骗人，爹地，”安迪说道，大拇指和小手指却按牢了那颗牙齿，“才没有那样的牙树，我从来没看见过。”

“是没有那样的树，我也从来没有看见过。”

马丁突然紧张起来，艾米丽正从楼上走下来，他听着楼梯上磕磕碰碰的脚步声，忍不住恐惧地搂过儿子。等到艾米丽走进房间，从她走路的姿势和闷着的脸上，就知道她又喝酒了。她猛地把抽屉拽开，开始摆刀叉布置餐桌。

"模样！"她愤怒地说道，"你敢跟我那样说话，别指望我会忘记。我记着你跟我说过的每一句假话，别指望我会忘记一分钟。"

"艾米丽，"他恳求道，"孩子们在——"

"孩子们——是的，别指望我看不穿你这些肮脏的计划和阴谋。你跑下来就是想让我的孩子背叛我。别指望我看不穿，看不出来。"

"艾米丽！我求你了——赶快回到楼上去。"

"所以你想让我的孩子——我自己的孩子——"两行眼泪从她的面颊上流了下来，"想让我的小男孩，我的安迪背叛他的亲生母亲。"

醉意的冲动让艾米丽一下子跪到受惊吓的孩子面前。她的手按住他的肩膀才没有倒下来。她说道："听着安迪——你不会听你爸爸说的假话吧？听着安迪，我下楼之前你爸爸在跟你说些什么？"孩子无所适从地朝爸爸望着。"告诉我，妈妈想知道。"她继续道。

"我们在讲一棵牙树。"

"什么？"

孩子又说了一遍，她重复着孩子的话，脸上露出一副难以置信的恐惧表情。"牙树！"她摇摇晃晃着又抓紧了孩子的肩膀。“我不明白你们在谈论什么。但是听着安迪，妈妈很好，不是吗？”大滴的眼泪从她脸上滚落下来。安迪因为害怕往后退着。艾米丽抓着桌子的边缘终于站了起来。

“看！你已经让我的孩子背叛我了。”

玛丽安开始哭，马丁抱起了她。

“没问题，你可以带着你的女儿。你反正总是偏心第一个孩子。我不介意，但是，你至少应该给我留下我的小男孩。”

安迪慢慢地凑近爸爸，拽着他的大腿，哭道：“爹地。”

马丁把孩子们带到楼梯边，说：“安迪，你带着玛丽安先上去，爹地马上就来。”

“但是妈妈？”孩子小声问道。

“妈妈没事，别担心。”

艾米丽趴在厨房的桌子上啜泣，脸埋在臂弯里。马丁给她盛了一碗汤放在面前。她的哭声让他很难过，她强烈的感情表述无论缘于什么，都触动了他内心的一丝柔软。他极不情愿地用手摸着她的黑发，说：“坐起来，把这碗汤喝了。”她扬起脸看他，充满渴望与愧疚。刚才儿子的疏离还有马丁的触摸让她的心情突然有了变化。

“马丁。”她哭道，“我真是太抱歉了。”

“把汤喝了吧。”

她照他说的，大口地把汤喝完了，又喝完一碗后，她让他带她回房间。她现在非常温顺平静，也很能够把持自己。他把睡衣帮她在床头放好，正准备离开，悲伤和酒后的情绪又汹涌地袭向她。

“安迪走了，我的安迪那样地看着我，转身走开了。”

他有些不耐烦再加上饥饿，不免加重了语气。但还是小心翼翼地说，“你忘了安迪还是个孩子——他根本无法理解这种情景。”

“情景？是我煞风景了吗？马丁？难道我刚才在孩子们面前胡闹了？”

她脸上的恐惧让他有些违心地既难过又好笑。“别想了，换上睡衣去睡觉吧。”他说。

“我的孩子背离我了。安迪看着她的妈妈却转身走了。我的孩子——”

她又陷入酒精的痛苦挣扎中。马丁返身说道：“真的没事，赶紧去睡觉。孩子们明天早上就会忘了。”

他说这话时自己都不知道是不是真的。这种情景真的会从记忆里轻而易举消失吗？还是以一种不同的形式在潜意识里扎根，伴随着未来的岁月令人痛苦。马丁也不知道，而且最后这种情形让他很难受。他想到了艾米丽，仿佛能够看到第二天早晨的情形：那就是记忆的碎片，从混沌的耻辱中回味过来后的极度清醒。她会给纽约他的办公室打两个电话道歉，也许三个或者四个电话。马丁也能想象到自己的尴尬，想到办公室的人的诧异。他感觉秘书仿佛早就猜测到了，并且同情他。他有一阵极力想与命运抗争，他简直恨死了妻子。

当他回到孩子们房间，把门关上，才第一次感受到夜晚的宁静。玛丽安摔倒在地上，她自己站起来，然后叫道：“爹地，看我。”然后又摔倒，再站起来，没完没了地重复着这好玩的游戏。安迪则坐在儿童椅上，摇晃着那颗牙。马丁打开浴池水龙头放洗澡水，他把手在洗面池里洗干净，然后，叫儿子进来洗澡。

“我们先看看那颗牙怎么样了。”马丁坐到马桶盖上，把安迪抱在两腿之间，孩子的嘴张大了，马丁抓住那颗牙。左右晃动一下，再迅速一拧，珍珠般的乳牙就掉了下来。安迪的脸上表情变换，从害怕到惊讶再到开心。安迪喝了一大口水，漱口再把水吐到洗手池里。

“看，爹地，有血。玛丽安，快来看。”他叫道。

马丁喜欢给孩子们洗澡，特别喜欢孩子柔软的小身子站在水中冲洗着的感觉。艾米丽说他偏心实在不公平。马丁给儿子的小身子抹着肥皂，心里的爱意无以复加。当然他承认对两个孩子的爱有所不同。他对女儿的爱更刻骨铭心，带着一丝感伤，以及恍如疼痛的温柔。他对儿子的爱称，源于平日的各种古怪联想——他叫女儿却永远只有一个名字玛丽安，他叫她的声音里都是爱意。他用浴巾把儿子的小身体擦干。轻轻地擦拭他那胖乎乎的小肚子，以及皱褶的私处。刚洗干净的孩子脸上容光焕发，像新鲜的花瓣一样可爱。

“我要把牙齿放在枕头下边，会有一个二十五美分硬币。”安迪说。

“为什么？”

“你知道吗，爹地。约翰说他就是掉了一颗牙，拿到了一个二十五美分硬币。”

“谁放的钱？”马丁问道，“我以前一直以为是牙仙夜晚来放的。虽然我小时候只有一毛钱。”

“幼儿园的人都这么说。”

“那究竟是谁放的呢？”

“是你的爸爸妈妈呀，”安迪说，“是你。”

马丁正在给玛丽安的床上铺床单。女儿已经睡着了，呼吸极尽轻柔。马丁弯腰亲吻着她的前额，又亲吻了她的小手，她的手心摊开投降似的举到头的两侧。

“晚安，安迪宝贝。”

儿子只是含糊地咕哝了一声。过了一会儿，马丁把钱包拿出来，掏出一个二十五美分硬币放在安迪的枕头下。夜灯依然留着。

马丁回到厨房摸索着给自己做了个夜宵，才想起来孩子们刚才一点都没提到妈妈，还有那个对他们来说肯定无法理解的场面。孩子的心只沉浸在当下——一颗牙齿、洗澡，还有二十五美分的硬币——童年时光的这些小插曲仿佛漂浮在湍急河流中的落叶，而有关大人世界里的迷思全部被搁浅或者遗忘在岸边。马丁为此深深地感谢造物主。

但是他内心的气愤，压抑久远如今却忍不住怒火中烧。他的人生华年正在被一个酒鬼慢慢损蚀消耗。他的男人气概也快变成了软弱。还有孩子们，几年后他们长大懂事了，解释不清这一切了怎么办？他胳膊肘搭在桌子上一口气吃完了夜宵，索然无味。瞒不住的——他在想办公室里的人很快就会知道，甚至小镇的人都会晓得他的太太是一个放荡不羁的女人。他跟孩子们注定备受耻辱，一点一点被毁掉。

马丁从桌子旁站起来走进起居间。他想读一会儿书，眼睛看着一行行字，脑子里却是一幅幅可怕的图面：孩子们在河里溺水了，老婆在大街上当众出丑了。所以等到他准备上床睡觉的时候，愤怒已经积蓄成火山压在他的胸口，他踉跄着爬上楼梯。

房间里很黑，除了半开着的洗澡间里透出的一线光亮。马丁静静地脱掉衣服。悄然间，他身体里仿佛有什么在变化。太太已经睡着了，平和的呼吸声在屋子里温柔地起伏。她的高跟鞋和袜子随意地扔在一旁，令他诱惑丛生。她的内衣乱七八糟放在椅子上，马丁拿起一件紧身衣和柔软的丝质胸罩，捧在手里无言相望。这晚他还是第一次这样凝视着妻子。他的眼睛停在她可爱的前额上，还有弯弯的细眉。这眉毛也遗传给了玛丽安，还有细致的翘鼻尖。在儿子的脸上有她那高颧骨和尖下巴的影子。她的胸脯丰满，苗条而富于曲线。马丁看着平静中熟睡的妻子，心中原有的怒火一点点烟消雾散。所有的怨言指责和她的缺点毛病也都云淡风轻了。马丁把洗手间的灯关掉，打开窗户，轻手轻脚生怕把艾米丽吵醒。他轻轻地爬上床。月光里他又望了妻子一眼，伸出手摩挲着她柔滑的身体。痛苦和欲望沉浸在巨大无边而又错综复杂的爱意之间。

树·石·云

这天早晨，空中飘着雨，天依旧很黑。报童走到街车咖啡馆的时候，一天的送报路线基本告一段落，他走进去准备喝杯咖啡。这家咖啡馆一天二十四小时营业，老板叫里欧，长着一张苦大仇深的脸，还是个吝啬鬼。从空旷破旧的街道走进来，咖啡馆显得温暖明亮。顺着柜台望过去，里面坐着两个士兵，三个附近棉纺厂的工人，角落里还有一个老男人陷在座位里，鼻子和下巴都埋在啤酒杯里。报童戴的帽子是那种飞行员式样的，进到咖啡馆后，他要先把下巴上的带子解开，摘下耳罩，然后揉了揉冻得红红的耳朵。他每次进来喝咖啡的时候，都会有人热情地跟他打招呼。但是今天早晨，里欧没理他，客人们也没人说话。报童付了账，正准备离开时，突然有人对他叫道：“哎，孩子，过来！”

他转过身，是角落的那个老男人在朝他招手点头。老男人的脸已经从啤酒杯里抽了出来，看起来很高兴。他长着一张长面孔，脸色苍白，大鼻子，一头稀薄的橘色头发。

“哎，小孩过来。”他叫道。

男孩走过去，他比同龄人都瘦，十二岁了，身上背着报童包，肩膀给压得歪斜着。男孩一张平坦的小脸上长满了雀斑，圆圆眼睛里透着孩子的天真稚气。

“先生，有事吗？”他走了过来。

老男人一只手放在报童的肩膀上，另一只手按着男孩的下巴，把他的脸转来转去。男孩不快地往后退缩着。

“嘿！你到底有什么事？”男孩大声尖叫道，声音犀利，咖啡馆突然一阵寂静。

男人却慢慢说道：“我爱你，不会伤害你的。”

柜台旁边的男人们一阵大笑，报童恨恨地看了他一眼趁机想挣脱，无所适从地朝着柜台后面的里欧望去。里欧回他一个疲乏嘲弄的眼神。男孩也试图想笑，但是那喝酒的老男人看起来既严肃又悲伤。

老男人道：“孩子，我并不想要弄你，坐下来跟我喝一杯吧，跟你说些事。”

报童小心翼翼地用眼角瞅着柜台边的顾客们，希望有人能给他建议。可惜这些人早就继续喝酒吃饭，没人理他。里欧把一杯咖啡和一小杯牛奶放到柜台上。

“他是一个小孩子。”里欧说。

报童重新坐回到高脚凳上，帽子下边红红的小耳朵十分醒目。老男人神志清醒地朝他点了点头，说：“这是个很重要的话题。”然后就从屁股口袋里掏出一个东西摊在手掌里放到男孩面前。

“你仔细看看。”他说。

男孩盯着看，但是没什么好仔细看的。老男人拇指捏着的是一张女人相片。照片太模糊了，只看得清帽子和裙子。

“看清楚了吗？”男人问道。

报童点头，老男人又拿出一张相片。这张照片里女人穿着游泳衣站在海边，游泳衣令她的肚子突出来，惹人注目。

“看清了吗？”老男人往前凑近了道，“你有见过她吗？”

男孩儿坐在那里不动，侧头看着老男人说：“我不知道，没见过。”

“好吧，”老男人对着照片吹了口气，又放回口袋里，“她是我从前的太太。”他说。

“她死了吗？”男孩问道。

老男人慢慢摇着头，嘴巴噘起像吹口哨那样回了一个长长的：“没——有——”他说：“让我慢慢讲给你听。”

老男人眼前的棕色大茶缸里装着啤酒，他没有端起茶缸，而是往前一凑把脸搭在杯子上，然后双手抱起茶缸仰头喝起来。

里欧说道：“不知道哪天你会连头都装进茶缸里淹死。著名流浪汉溺亡于啤酒缸听起来倒是挺不错的。”

趁着老男人没注意，报童试图跟里欧使眼色，他努嘴瞪眼打着哑谜问道：“喝醉了？”里欧只是挑了下眉毛，转身去做烧烤培根了。老男人终于把酒缸子推开，坐直身体，一双指头弯曲的手交叉着放到柜台上。他一脸悲伤地看着报童，专注凝神，偶尔会合上他那双淡绿色眼睛。天快要亮了，男孩儿把身上的报童包挪动一下。

“我要讲爱情，”老男人说，“爱情对我来说是一门科学。”

报童差点从高脚凳子上滑下来，但是男人用食指示意了一下，有种不可言喻的东西又留住了男孩。

“十二年前，我和照片里的女人结婚了。她跟我在一起整整一年九个月零三天两夜。我当然爱她……”老男人收紧了一下模糊不清的声音，继续说道，“我爱她，以为她也爱我。我是一个铁路工程师，她可以待在家里无忧无虑享受生活，所以从来没有一丝念头想过她会不满意。但是你知道发生什么了吗？”

“不知道。”里欧接过了话题。

老男人眼睛一眨不眨地盯着报童的脸说：“她走了。一天晚上我回来，发现房子空空的，她已经走了，她离开了我。”

“是跟别人走了吗？”男孩问道。

老男人慢慢伸开手掌放到柜台上：“当然啦，孩子，女人是不会那样一个人走掉的。”

咖啡馆很静，连绵的细雨落在黑黢黢的街道上。里欧用长叉子戳着吱吱作响的烤培根，说道：“所以你寻找这个放荡女人十一年了。你这个老家伙也不嫌累。”

老男人第一次抬起来头看着里欧，说：“请你不要这么无理。另外，我又没有跟你说话。”然后转头以一种信任而秘密的口吻对报童说：“别理他好吗？”

报童不可置疑地点了点头。

“就是这样，”老男人继续道，“我是一个情感丰富的人。一生中每一件事情都会令我印象深刻有所感悟，比如说月光，比如说漂亮女人的腿，林林总总。但重点是，当我欣赏这些人与物的时候，总觉得哪里不对劲，似乎这些人、事和物体并没有跟我合而为一。一切都漂浮不定。比如说女人，我有过女人，同样地也只是泛泛的表象，我是一个从来没有真正恋爱过的男人。”

老男人慢慢把眼睛合上，仿佛一场剧目结束后拉上了帷幕。当他再说话的时候，声音里充满悸动，语调快速，好像他的一对大耳朵都在颤抖。

“然后，这时候我碰到了这个女人。我五十一岁，她总称自己三十岁，我在一家加油站遇到她，我们认识三天就结婚了，你能想象是什么样吗？我没办法告诉你，就是我从前无法感受的东西都在这个女人身上得到了回应。我的身心不再有悬浮不定的感觉，所有的东西因为她而圆满合一。”

老男人突然停下来，捏了捏长鼻子，他的声音下沉，语气中带着沉稳和自责：“我没有解释清楚。事实是这样，就是在我心里存在着的美丽感觉和一些细小的快乐，这个女人就像我灵魂中的组装线，我身体的每一个零散部分都通过她连接起来，我达到了完整。现在你明白我的意思了吗？”

“她叫什么名字？”报童问道。

“我叫她嘟嘟，”老男人说，“当然啦，这不重要。”

“你有去把她找回来吗？”

老男人仿佛没听见，继续说道：“所以这种情况下你可以想象，她离开，我会是一种什么样的感觉。”

里欧已经把烤好的培根夹在两片汉堡面包之间。他的脸色灰蒙蒙的，眯缝眼，高鼻梁两侧透出蓝色的阴影。一个纺织工示意要加咖啡，里欧给他加了一杯，他一般不给人免费续杯。这个纺织工每天在这里吃早餐，但对里欧来说，越是熟悉的顾客，他反倒越对他们刻薄。他慢慢嚼着面包，好像在跟自己生气。

“你后来再也没找到她？”

报童不太理解面前的这个老男人，一张孩子脸充满了好奇和怀疑。他初来乍到这里送报，对他来说，每天早起出来外面黑黢黢的感觉已经够奇怪了。

“是的。”老男人接着说，“我试着找过她，到处找她，去过她的老家土桑，还去过莫比尔（注：亚拉巴马州首府），去过她跟我提过的每一个城市，我甚至找到了她以前认识的所有男朋友。到过土桑、亚特兰大、芝加哥、奇霍，甚至是孟菲斯（注：田纳西州西南一大城市）。最初的两年我几乎找遍全国。”

“但是这对狗男女就是从地球的表面消失了！”里欧又插话进来。

“别听他的，”老男人信心十足地说道，“而且忘掉那两年吧，那个根本不重要，重要的是第三年发生的奇事。”

“发生了什么？”男孩好奇道。

老男人凑上前擎起茶缸想喝口酒。凑近时，鼻孔翕动着发现啤酒有些过性，于是作罢放下了茶缸。“那就是我发现爱情是一个很奇特的事情，一开始，我只想着找她回来，简直狂躁不安。但是随着时间的推移，我试图想起她，但是你知道发生什么了吗？”

“不知道。”男孩儿答道。

“那就是当我躺在床上努力想起她的时候，脑子里一片空白，我想不起她的模样，我甚至把她的照片拿出来看也没用，什么也没有就是一片空白，你能想象吗？”

“嘿，那谁，”里欧冲着柜台下面的顾客嚷着，“你能想到这个傻瓜的脑子里是一片空白吗？”

老男人扬手挥了一下，轻描淡写仿佛在轰一只苍蝇。他绿色的眼睛专注地盯着面前报童的脸上。

“但是人行道上的一块玻璃片会把她带到眼前，或者投进音乐盒子里的一个五美分硬币，夜晚墙上的一个影子都会让她的面目清晰仿佛就在昨天。有时候走在街上，她好像就站在面前，我会一下子泪奔或者把脑袋往电线杆子上撞。你明白我的意思吗？”

“一块玻璃片……”男孩诧异道。

“可以是任何东西，我会到处走，然后无法控制何时怎样想起她。你要说可以放个挡箭牌拦住，但是记忆这种东西从来不是单刀直入或有备而来——而是声东击西趁你不备时出现。所以，我成了所有一切的奴隶，所见所闻里都是她的音容笑貌。突然间，不是我满世界去找她，而是她开始追寻我，追寻我的灵魂。再跟你说一遍，是她在追寻我！在我的灵魂中。”

男孩终于问道：“那时候你在什么地方？”

“噢，”老男人咕哝了一下，“我那时候可病得不轻，好像是水痘，我记得。整天烂醉如泥，乱性无节制。那种肆无忌惮的罪恶生活，我不愿意承认也得承认。当我想起那段经历全部凝结在我的脑子里，简直太可怕了。”

老男人低下头，前额磕着桌子。他这样低头忏悔了一会儿，粗糙的后脖梗上露出些许黄疙瘩，然后他双手合十祈祷。终于等到他直起身时，脸上充满微笑，明亮悸动又有些苍老。

“到了第五年的时候，”他接着道，“我开始实施我的爱情科学实验。”

里欧苍白的嘴角诡笑一闪而过，说：“我们这些人可是没人越活越年轻的。”说完，突然愤怒地将手里攥成一团的洗碗布狠狠地摔到地板上，道：“你这个堕落的老罗密欧。”

“发生了什么？”男孩问道。

老男人的声音高亢而清楚。“和平。”他答道。

“什么意思？”

“孩子，这是个很难用科学方法解释的话题。”老男人说道，“我猜，逻辑上讲就是她和我相互逃避了这么长时间，最后我们终于纠缠不清缴械投降停战。和平。一种奇特而美丽的空白出现了。那时候是波特兰的春天，每天下午都下雨，晚上我就待在床上，坐在黑暗里。正是此时科学实验的情形在我脑子里闪现了。”

街灯下电车窗户映照着蓝光开了过去。两个士兵付了酒钱，打开了门，其中一个梳了梳头，擦干净绑腿上的泥才走了出去。三个纺织工人还在静静地埋头吃早餐，咖啡馆墙上的闹钟嘀嗒着。

“是这样，仔细听着。”老男人说，“我在冥想爱情这个问题，并且把它总结出来，于是发现了我们的问题。就是男人的初恋，他们爱上的究竟是什么？”

男孩半张着小嘴不知道如何回答。

“他们爱的是女人，”老男人继续道：“没有科学指导，没有任何条理遵循，人们在上帝的领域里选择了最危险也是最神圣的事情，他们爱上了某一个女人，对吗？孩子。”

“是的。”男孩轻声道。

“他们一开始就弄错了，他们从热恋的高潮开始，你能想象有多糟吗？你知道人们应该怎样开始相爱吗？”

老男人伸手拽住了男孩的夹克衫领子，然后轻轻地摇晃了一下，绿眼睛盯着他凝神不动。

“孩子，你知道爱情应该怎样开始吗？”

男孩儿坐在那里，缩成一小团静静地听着，然后慢慢地摇了摇头。老男人靠近他悄声道：

“一树 · 一石 · 一朵云。”

外边还在下雨，温暖，灰蒙蒙无尽的雨。棉纺厂六点换班的哨子响了，三个纺织工结完账离开了。咖啡馆里只剩下里欧，老男人和这个小报童。

“波特兰的天气也是这样，”老男人说，“当我的科学实验开始的时候，我每天冥想，小心翼翼地开始。每次上街都带点什么回家。我买回一条金鱼，然后一心一意地爱护这条金鱼。慢慢摸索学习，我逐渐领会了这种技术，在从波特兰到圣地亚哥的路上……”

“啊，闭嘴！”里欧突然尖叫道，“闭嘴！闭嘴！”

老男人依旧抓着报童的夹克领子，颤抖的脸上表情真诚热烈，“六年来，我独自一个人走遍了很多地方，建立了我自己的一套科学系统，所以我现在已经是大师了。孩子，我可以不假思索地爱任何事情，比如我在街上看到人群，会感受到一束美丽的光亮照进心田。看天空飞翔的小鸟，与一个行路人相识。一切事情，孩子，你是行路人我也是行路人。所有的陌生人都是我所爱的人。像我这样的科学实验你能懂得它的意思吗？”

男孩的身体缩成一团，他的手紧紧地抓着柜台的边缘，终于问道：“你最后找到她了吗？”

“什么？孩子你说谁？”

“我的意思是，”男孩小心地问道，“你后来有没有爱上别的女人？”

老男人松开了男孩的衣领，他拧过头去，绿眼睛里第一次流露出缥缈无助的神情，他拿起茶缸，把里边的啤酒一饮而尽。然后慢慢地摇了摇头，终于说道：“没有，孩子。你看那是我科学实验的最后一步，我变得小心谨慎，而且我也没有准备好再谈恋爱。”

“哦噢！”里欧叫道，“哇，哇，哇！”

老男人站在过道上，后背映在清晨灰色的朦胧光束里，显得衰老褴褛瘦弱，但是微笑依然明亮，他对着男孩说：“记着，记着我爱你。”他说完点了一下头，然后，门静静地在他身后关上了。

男孩好一会儿没说话，他把前额的刘海儿抚到一边，脏兮兮的食指在面前的空杯口上来回摩挲，然后兀自朝着里欧的方向问道："他喝醉了吗？"

"没有。"里欧答。

男孩又抬高声音问道："那他是吸毒了？"

"没有。"

男孩抬头看着里欧，扁平的小脸渺茫无尽，尖声急迫地叫道："那他是疯了？里欧你觉得他是个疯子吗？"然后声音突然小了下来，怀疑地问道："还是，不是呢？"

但是里欧没有回答他。这家咖啡馆已经开了十四年，对于什么人是否发疯里欧从不评价。小镇里每天晚上各色人等前来咖啡馆，他知道所有这伙人的行径。但是他不想回答报童的这种问题。他苍白的面色凝重，一言不发。

报童把头盔重新戴上，离开之前扔下一句自认为安全可靠又不会被人嘲笑或瞧不起的话：

"他去过的地方可真不少呢！"

图书在版编目（CIP）数据

伤心咖啡馆之歌/ (美)卡森·麦卡勒斯(Carson McCullers)著; (美) 凌珊译.—北京 : 现代出版社, 2018.2
ISBN 978-7-5143-6651-8

Ⅰ.①伤… Ⅱ.①卡… ②凌… Ⅲ.①中篇小说—小说集—美国—现代 ②短篇小说—小说集—美国—现代 Ⅳ.①I712.45

中国版本图书馆CIP数据核字(2017)第303532号

伤心咖啡馆之歌

作　　者：(美)卡森·麦卡勒斯(Carson McCullers)著　(美)凌珊译
责任编辑：王传丽
出版发行：现代出版社
通信地址：北京市安定门外安华里504号
邮政编码：100011
电　　话：010-64267325　64245264(传真)
网　　址：www.1980xd.com
电子邮箱：xiandai@vip.sina.com
印　　刷：北京市松源印刷有限公司

开　　本：880mm × 1230mm 1/32　　字　　数：100千字
印　　张：6
版　　次：2018年2月第1版　　印　　次：2018年5月第2次印刷
书　　号：ISBN 978-7-5143-6651-8
定　　价：32.80元